*Socorro Alcalá Iberri*
*Lucía Escalante G.*

# Las muertas de Juárez

EDITORIAL
**LIBRA**
SA DE CV

www.editorialscorpio.com.mx

© 2004 por Editorial Libra, S.A. de C.V. Melesio Morales No. 16, Col. Guadalupe Inn (San Ángel), México, D.F. Tel:. 56-60-55-61 y Fax: 56-64-14-54.

Idea original y temas del contenido: Georgina Greco
Colaboración pagada y remunerada: S.A.I.

**ISBN: 9706062033**

Segunda **Edicion:** Abril **de 2004**

Todos los lugares y personajes son imaginarios.
Cualquier parecido con lugares o personas es puramente coincidencia.

Impreso en México
*Printed in Mexico*

# ÍNDICE

# PRÓLOGO

*Georgina Greco y Herrera*

on Eduardo ya estaba viejón... y lo malo no era eso. Lo grave de Don Lalo era que se la vivía *besuqueando* la boca de la botella... No importa de cual...: Coca con piquete, Orange con refino y en días de raya, hasta tequilita aunque fuera del corriente. Hubo ocasiones en que se agenciaba un cuartito de alcohol de caña en la vinatería del pueblo... y se lo echaba a la bolsa del pantalón de mezclilla.

—*¡Bésame, chaparra indina!* —le murmuraba a su botella—, *labio con labio, suavecito... casi en silencio. Sígueme matando mujer maldita, que en tus brazos sensuales mi vida muere bien...*

Y cabeceaba... clavaba el mentón agudo contra el pecho y los movimientos del camión le mecían la cabeza como campana de pueblo. Pero los choferes ya lo conocían y cuando llegaba a su destino, de una sacudida iban a despertarlo... y a veces, a arrastrarlo agarrándolo por las axilas para ponerlo en el camino, fuera del sendero de los autobuses y las trocas para que acabara de dormir la mona...

Aquella tarde, Don Lalo despertó antes del

anochecer, antes de que pardeara... y dando tumbos tomó norte para su casita, que estaba al pie del cerro... La vieja iba a darle una tunda con la escoba o con la cuchara de la cocina, porque se había gastado la raya...

Un suspiro desgarrador que se convirtió en tos espasmódica y acabó de cegar a Don Lalito, hizo que tropezara y cayera sin meter las manos sobre un pequeño promontorio. Seguro un hormiguero, murmuro el viejo entre dientes y apoyó las manos con desconfianza para levantarse de a rápido y que no lo mordieran las hormigas rojas...

Ahora... un alarido. ¡Su mano izquierda se había apoyado sobre un montón de cabellos y los dedos se le enredaron entre aquellas marañas frías y chamagosas, anudadas como una trampa...!

—¡¡Suéltame, pinche araña!! ¡Suéltame!—Y con el puño derecho golpeó al "insecto" con todas sus fuerzas...

¡Crac! El tronido inconfundible de un hueso que se rompe... El alarido del viejo hizo brincar al Cerro de La Bola, y se levantó como un atleta de veinte años...

—¡Un muerto! ¡¡¡Ay, yo no fui!!! ¡¡¡San Juditas, ampárame San Judas y te prometo entrar de rodillas a tu ermita y sin un solo trago encima!!!

Una mano pequeña y callosa le dio un manotazo por la espalda... Y Don Eduardo perdió el sentido... Su mujer, Elvira, acudió a la caseta de vigilancia y no tardaron dos ambulancias que se llevaron a la muerta y al desmayado...

"Ay, mi Angélica... ni siquiera habíamos acabado de pagar las drogas que dejó tu fiesta de quince hace un año... Y seguías finita pero con cuerpo de mujer. Estabas tan orgullosa de tu cabello negro y tus ojos color uva clara... ¡Tan linda mi hija!"

Tus hermanos, tu padre y yo te habíamos buscado incansables... Prendimos tus fotos a los postes del pueblo y ofrecimos tres mil pesos por que nos informaran de ti... ¡Y todo para que, ya muerta y destrozada sufrieras el ultraje de que te cayera encima un viejo borracho!

Sigo llevando tu imagen la última mañana que saliste de la casa para irte a tu trabajo en la maquilera... Se te movía el cabello largo al ritmo del paso y levabas en tu manita la bolsa de papel en que te había puesto dos tortas, porque esa mañana no quisiste ni desayunar.

Todavía antes de doblar la esquina, levantaste tu manita libre para hacer un ademán de despedida... ¿Quién iba a decirme que era un 'adiós para siempre, mamá'? Y volviste la cara con una sonrisa de dientitos blancos... Era tu última sonrisa, mi hija, ¡mi Angélica!"

¿Quién sacará ahora al viejo de tu padre de la pulquería? ¿Y quién oirá entre risas las aventuras de tus hermanos? ¿Quién me va arrancar la plancha de la mano para echarme el brazo sobre los hombros y llevarme a la cama?

## INFORME DEL FORENSE.

*12 de mayo de 1993. Localizado el cuerpo de una mujer no identificada [...] en las faldas del Cerro Bola*

*[...] en posición de decúbito dorsal y vestido con pantalón de mezclilla con el cierre abierto y dicha prenda en las rodillas [...] herida penetrante en seno izquierdo, excoriaciones en brazo izquierdo, golpe contuso con hematoma a nivel maxilar y a nivel de pómulo derecho, excoriaciones en mentón, hemorragia bucal y nasal, excoriación lineal cerca del cuello, de tez morena clara, 1.75 cm., pelo castaño, ojos grandes color café, 24 años, brassiere blanco por encima de los senos. Causa de muerte asfixia por estrangulamiento...*

—Otra vieja, colega —dice el doctor Martínez al doctor Chávez, bajito para que no lo escuche la familia que está alrededor de la plancha donde están los restos de Angélica Luna. Es que si lo oyen, la familia que está como muy sensible, se les voltea y hasta les ha pegado uno que otro codazo en la boca o patada por las pantorrillas... ¿Y ellos que? ¿Todavía que tienen que soportar la peste de las muertas? ¡Bola de desagradecidos...! ¡Indios tenían que ser... o nacos defeños! ¡No universitarios como ellos!

—¿Y ya se fijó que la mamá no chilla como las otras, colega Martínez? Como que habla sola ¡Ora ni siquiera nos tocó *show!* El que moquea es el viejo y ni pañuelo saca. Y los muchachos cabizbajos, atrás de la madre, por si azota...

—La mera verdad, colega Chávez, no entiendo por qué tanto irigote... Si estas mujeres se ponen a parir como conejas, y sus hijos resultan ser otros miserables sin futuro, que no pasan del salario mínimo y por lo mismo...bien podría parir otras cinco como la muerta.

—¡Pérese, colega, que ya azotó la vieja! ¡Y hasta un trozo de pelos de la muerta se llevó en la mano...! Los hijos se arremolinaron alrededor de la madre caída, pero el viejo siguió moqueando... Uno de los forenses, le aplicó el estetoscopio al pecho, mientras el otro apretaba dos dedos contra la yugular de la mujer.

Casi al unísono, los dos anunciaron: —Las señora ha fallecido

El velorio fue muy triste. Ni quien ofreciera un cafecito ni dirigiera un rosario. Los tres hermanos estaban en el patio, y con los amigos planeaban vengar a la hermanita menor...

Mientras, el papá roncaba babeando el sofá de la salita, con una mano todavía engarruñada en el pescuezo de la botella vacía.

Y el entierro estuvo igual de desangelado... Faltando una mano delicada, ni siquiera hubo flores para los ataúdes. Juntas, madre e hija marcharon hacia la eternidad. La jovencita destrozada, y la vieja entera... pero con el corazón partido en muchos fragmentos...

# CAPITULO I
## EL ENCUENTRO CON LA MUERTA

 **R**oberto salió del lote donde vivía con su esposa y tres hijas. Llamaba "su casa" al asentamiento irregular donde había erigido cuatro paredes de tabique y un techo de lámina, a un lado de la carretera que va para Aldama, donde se amontonaba la familia, que próximamente aumentaría a cuatro.

Montó en su bicicleta y sujetó con firmeza la canasta de los tacos. Iba pensando en el dinero, que escaseaba cada vez más, de hecho, no podía pensar en otra cosa, por mucho que su mujer se angustiara por los asesinatos de las jovencitas en Ciudad Juárez. "Que si Martinita está por cumplir los once", "que si entre las muertas han aparecido niñas", "que mi comadre me comentó que hasta de diez años..."

¿Por qué se empeñaba Amalia en mortificarlo con esas cosas? ¿No era bastante con que el dinero no alcanzara nunca? Y ahora, según los pronósticos de su mujer, sus hijas morirían a manos de los criminales de Ciudad Juárez. "Eso si primero no se mueren de hambre", pensaba Roberto. "Si no fuera porque a veces hay buena venta..."

Continuó pedaleando la bicicleta rumbo a la maquiladora *Mallinckrodt Medical.* Esperaba llegar antes de que las jóvenes trabajadoras llegaran a su trabajo, sin desayunar y con un hambre atroz. Roberto recordó que el día anterior, mientras despachaba sus taquitos a dos lindas muchachitas, oyó sus comentarios:

—¿Supiste lo de Argelia? —le preguntó una morena de grandes ojos a la chaparrita que estaba a punto de darle una mordida al taco—. Ayer la encontraron debajo del puente de las vías del tren. ¡Ya presentía yo algo así! ¡Nadie se desaparece más de un mes así como así!

—¡Me va a hacer daño el desayuno! —protestó la bajita—. ¿Por qué te acuerdas de eso precisamente ahora? ¡Claro que lo sé! No se habla de otra cosa. Todas tenemos miedo, pero nadie nos ayuda.

—¿Tienes miedo? Espera entonces a que te cuente cómo la encontraron y sí que tendrás pesadillas. Resulta que estaba...

—¡No quiero oír nada!— dijo la chaparrita, engullendo la tortilla con carne, para tener las manos libres y taparse los oídos con ellas—. De todos modos ya no puedo dormir.

Transcurría el mes de abril y aun a esa hora temprana el calor asfixiaba. Aumentó el ritmo de su pedaleo. Tenía que llegar antes de que el reloj marcara las siete de la mañana para que las chicas tuvieran tiempo de comer. En tanto, seguía recordando los comentarios de las obreras y de su propia mujer.

Un golpe en la rueda delantera obligó a Roberto a detenerse. Por poco se va de bruces. Defendió la canasta de los tacos como si se tratara de su vida misma, logrando que no se perdiera su mercancía. La bicicleta cayó pocos metros adelante con una rueda reventada.

—¡Para acabarla..! —exclamó Roberto en voz alta—. ¡No voy a llegar a tiempo!

Depositó cuidadosamente la canasta en el suelo y dirigió toda su atención al trozo de vidrio enterrado en la rueda de la bicicleta. La arrastró hacia unos matorrales para revisarla con calma y en el camino pisó un objeto blando. Dirigió la mirada hacia su pie y la impresión lo hizo dar un salto atrás. La irregularidad del terreno lo obligó a pisar en falso y retrocedió cinco pasos más. No logró equilibrarse. Quiso detener su caída, buscando un asidero y cogió el asa de la canasta, que se volcó desparramando los tacos en el suelo.

Roberto quedó tendido de espaldas, mirando el limpio cielo azul de Chihuahua. Ya no le importaba la mercancía ni el retraso. Tenía miedo de corroborar lo que había creído ver. ¿Era una mano?

La espalda le dolía cuando se incorporó, pero aún así gateó hacia el cuerpo blando que había pisado. Lo tocó. Sí, era una mano cubierta de tierra. El resto de la mujer estaba oculto entre los matorrales. Roberto apartó la hierba y poco a poco descubrió todos los horrores: cortaduras en los brazos, un tórax destrozado y con un seno cercenado. La masa de carne olía a putrefacción.

No quiso ver el rostro de la joven; no quería verlo en sus pesadillas por el resto de sus días. Por un momento se olvidó de sus propios problemas, del dinero que nunca le alcanzaba, de la mercancía perdida, de la rueda de la bicicleta. Pensó en la madre de esa pobre chica, en la angustia que sentiría en cuanto le dieran la noticia. Su corazón se desgarraría. No hay pérdida más dolorosa que la de un hijo. Roberto sentía deseos de gritar. Era demasiado para él. Se puso de pie y emprendió la huida. Detrás quedaron la bicicleta, la canasta, los tacos y... la muerte.

## Reporte del Forense

*14 de abril de 1995. Mujer de 24 años, hallada entre unos matorrales en las inmediaciones de una maquiladora, en decúbito dorsal; en el área parietal, arrancamiento del cuero cabelludo. Múltiples heridas en la cara, con instrumento punzocortante. Tórax con arrancamiento del seno izquierdo, posiblemente por mordedura humana. Brazos y piernas con múltiples contusiones. Muñecas y tobillos con hematomas...*

Roberto volvió a la maquiladora, a la venta de los tacos. Reparó la rueda de su bicicleta, mas no la herida de su corazón. Las obreras seguían hablando delante de él, mientras engullían rápidamente su tortilla con carne. Así fue como se enteró de que la muchacha que encontró entre esos matorrales se llamaba Viviana y acababa de cumplir 24 años. Supo que su madre pudo sepultar a su hija, sólo después de tres días de trámites administrativos... "quesque la autopsia..."; que durante el entierro la madre hablaba de su Viviana a todo el que quisiera oírla. Ahí estaban todas sus compañeras de la maquiladora, calladas, algunas llorando, quizá preguntándose quién sería la próxima víctima.

La madre de Viviana decía: "Era una niña linda...delgadita, comía como pajarito para no engordar... le gustaban las frutas y las verduras... sólo así se mantenía tan delgadita, para que le lucieran sus pantalones de mezclilla, muy pegaditos... no le gustaban los vestidos..."

Y luego los sollozos interrumpían sus recuerdos. Lloraba y lloraba, con un llanto que, Roberto lo sabía bien, no cesaría jamás.

# CAPÍTULO II
## ¡A LA POLICÍA LE VALE MADRE!

**L**eticia tenía 33 años y trabajaba como recepcionista en una Casa Amiga que constituía casi la única organización no gubernamental que lucha por las mujeres en Ciudad Juárez. Diariamente recibía más de cien llamadas telefónicas denunciando desapariciones, maltratos y discriminación laboral de género. Leticia y su jefa, la licenciada Méndez trabajaban hombro con hombro para presionar a las autoridades de Chihuahua para que resolvieran todos estos problemas.

Parecía una ironía, pero Leticia, como defensora de los derechos de la mujer, carecía de ellos, pues tenía la violencia en su propia casa. Gerardo la golpeaba continuamente, sobre todo en el rostro.

—¡Toma tus derechos!— le decía, subrayando cada bofetada—. Para que tu licenciada Méndez y todo el viejerío que arma sus mitotes feministas sepan quién manda en tu casa.

Leticia gastaba litros de maquillaje en cubrir las huellas de las vejaciones de Gerardo. Había perdido la cuenta de las veces en que se presentaba a trabajar con el vientre adolorido, blusas de manga larga y pantalones para tapar los moretones. Así la presionaba su marido para que abandonara su labor y se dedicara a su casa. "¡Como una verdadera mujer! ¿Qué dengues son ésos de ir a botar a los hijos a una guardería, cuando tienen una madre que bien podía atenderlos?" Los golpes eran una medida para obligarla a dejar su trabajo, pero Leticia consideraba que una activista que se dejara presionar por un marido macho sería la peor referencia para una Institución de ayuda a la mujer.

Por supuesto que solicitó asesoría jurídica y sicológica porque su marido la golpeaba a ella y a sus cuatro hijos, pero sus requerimientos cayeron en el vacío, lo mismo que los de sus amigas que denunciaban hechos injustos. Los funcionarios eran tan machos como los esposos y los patrones; las soluciones no llegaban nunca; de todas maneras no cedería, nunca le daría el triunfo al "sexo fuerte". Primero la matarían.

Gerardo no contaba con el valor de su mujer. Ni golpes ni amenazas eran suficientes para obligarla a desistir. Hubo un día en que se presentó a las oficinas de la Casa Amiga, cojeando, rogándole a todos los cielos no tener un hueso dislocado para poder moverse con cierta libertad. La noche anterior, Gerardo la había arrojado de las escaleras de la casa. Suerte que estaban alfombradas y algo acolchonadas, si no... Tere y Jaime, sus dos hijos mayores, sollozaban abrazados, mientras le suplicaban a su papá que dejara en paz a su mamá. Su intromisión les había valido puntapiés y agresiones verbales también a ellos. Leticia terminó con la escena, poniéndose de pie con gran dificultad.

—Estoy bien, hijitos. No se preocupen.

—Claro que está bien. Y estará mejor cuando su madre se quede en su casa, como todas las viejas que tienen marido para mantenerlas.

Pero al día siguiente Leticia se fue a trabajar, con cojera y todo. Esto quizá, encendió aún más la ira de Gerardo, empleado de la Oficina de Correos y compañero de parrandas de un político de Chihuahua, quien respaldaba sus cobardes acciones.

Gerardo sabía que hiciese lo que hiciese las autoridades no le tocarían un cabello, así que decidió desahogar la frustración de no ser obedecido. Lo planeó todo cuidadosamente, mientras despachaba timbres y miraba cada dos minutos la carátula del reloj de pared. Terminado su turno corrió a su casa, tomó su pistola y dirigió sus furiosos pasos a la oficina de su esposa.

Esperó detrás de un árbol enfrente del edificio de dos pisos, donde diariamente se libraban tantas batallas a favor del sector más desprotegido de la sociedad. El odio se pintó en el rostro de Gerardo al ver esos muros pintados de blanco.

—¡Malditas viejas! —murmuró—. ¿De cuándo acá quieren que uno las trate sobre algodones? ¡Para lo que sirven! Sólo saben parir y cocinar... ¡y la mía, ni eso!

Les daría una lección inolvidable a Leticia y a todas sus compañeras de lucha. Les enseñaría quiénes son los que mandan en el estado, a no defender a una bola de putas que tal vez merecían que las mataran por inquietar a los hombres de la ciudad con sus pantalones pegados y sus blusitas al ombligo.

Leticia cerraba en ese momento los cajones de su escritorio, tomaba su chamarra y salía de la Casa Amiga. No pensaba en el marido que le haría una de sus acostumbradas escenas tan pronto como la viera llegar. Su mente estaba ocupada en la llamada que recibió media hora antes.

"Ayúdeme, señorita, mi hija no aparece por ninguna parte. Se llama Isabel Contreras Sánchez y trabaja en la maquiladora Servicios Plásticos y Ensambles. Y...y... bueno, el caso es que no llegó a dormir anoche. Mi Chabelita no es así, ella nunca falta a la casa... y sólo tiene dieciocho años... ¡por favor, tienen que ayudarme a encontrarla! Llamé al 060 y me salen con que tengo que esperar, que a lo mejor mi niña anda de... ¡como si no la conociera yo que la traje al mundo! Me dijeron que tienen que pasar 24 horas antes de que la consideren desaparecida. Pero yo sé que algo malo le pasó... ¡ayúdenme!"

Leticia le pasó la llamada a la licenciada Méndez y se quedó con el corazón oprimido. La voz de la angustiada madre de Isabel aún sonaba dentro de su cabeza, mientras cerraba los cajones de su escritorio y tomaba su chamarra.

Se despidió de Chelita, la de la limpieza y de la licenciada Méndez, que también se disponía a salir. Leticia cruzó la calle y al pasar junto a su marido, éste la sorprendió al plantarse delante de ella, apuntándola con la pistola.

—¡Por favor! —exclamó, dirigiendo una mirada despreciativa al arma que no creía que Gerardo tuviera las agallas de usar—. No me avergüences delante de mi jefa. Está a punto de salir de...

Como si la hubiera invocado, en ese justo momento la licenciada Méndez salía de la Casa Amiga, con su abrigo sobre el brazo. Gerardo las miró despreciativamente, y accionó el gatillo. Leticia estaba tan cerca de él, que cayó a sus pies, con el vientre atravesado por la bala calibre 38.

La licenciada Méndez atravesó la calle corriendo. Gerardo ni siquiera se movió. Dos minutos después, los rodeaban las demás empleadas de la Casa Amiga. Una amenazó con llamar a la policía.

—¡Ni se les ocurra! Yo tengo influencias y soy intocable. Si alguna de ustedes trata de hacer algo contra mí... ¡La mataré!

Y blandió su arma. Las mujeres gritaron, Chelita se fue corriendo.

La noche del 19 de febrero de 2001. A las 22:15 Hrs., vecinos de un terreno baldío cerca de una maquila en Ciudad Juárez marcaron el 060 de los servicios de emergencia de la policía municipal para alertarles de que una mujer joven, aparentemente desnuda, estaba siendo golpeada y violada por dos hombres en un coche.

A la primera llamada no fue enviada ninguna patrulla. Después de una segunda llamada, acudió una unidad policial pero no llegó hasta las 23:25, demasiado tarde para intervenir. El coche ya se había ido.

—¿Supieron lo de Isabel?

—Sí, qué mala onda. Yo todavía alcancé a verla cruzar el lote baldío para tomar el camión que la llevaba a su casa. Muchas veces me dijo que le daba miedo cruzarlo, pero no tenía de otra... caminaba rápido, rápido, "quesque" para que no la alcanzaran... y ya ven...

—Sí, y a la policía le vale madre lo que nos pase. También les toca a las que nos defiende. ¿Les comenté que el viejo de Lety, la de la Casa Amiga, la mató? Le metió un balazo delante de todas sus compañeras y nadie hizo nada. Si las cosas siguen así, ¿quién nos va a defender?

## REPORTE DEL FORENSE

*El 21 de febrero fue hallado el cuerpo de una mujer joven en el terreno baldío cerca de donde se hizo la llamada de emergencia. Estaba envuelto en una cobija y presentaba señales de violencia física y sexual. La causa de muerte se determinó como asfixia por medio de estrangulación. El cuerpo de la mujer joven fue reconocido por su madre como el de Isabel...*

El lote baldío cerca de la empresa maquiladora continúa sin iluminación. Una pequeña cruz recuerda el lugar donde se encontró el cuerpo de Isabel.

Las primeras investigaciones del asesinato de Leticia arrojaron que el móvil del homicidio fueron celos y problemas conyugales, pues la pareja andaba en trámites de divorcio. La fiscal mencionó que el agresor estuvo esperando a su esposa para matarla, ya que de acuerdo con los testigos, en cuanto la vio cruzar la calle se enfrentó a ella y la baleó. Gerardo fue detenido por las agresiones contra su esposa y un mes después salió libre bajo fianza. Después empezó un juicio civil en el que ganó la patria potestad de sus hijos.

# CAPÍTULO III
## CARTA DE UNA MUERTE ANUNCIADA

"Nadie puede meter la espada a la funda
si la funda se mueve"
("Y no existen las mujeres violadas...
bien quietecitas que se quedan"
Comentario del MP)

speraba encontrar el viejo edificio de la colonia 16 de Septiembre, aquella bodega con olor a húmedo, dividida en cubículos oscuros, que hacían juego con la ropa gastada y las caras grises de los denunciantes. Ahí lo único que reluce son las alhajas de los judiciales.

Y yo iba a llegar ahí con mis penas a cuestas, a sumarme a las cientos de personas que buscaban justicia por haber sido víctimas de un asalto, una violación o un robo. ¿Pero qué creen? El nuevo edificio de la Policía Judicial del Estado estaba cambiado, lleno de luz y de espacio. "Menos mal", me dije. "Este es mejor que el otro".

Miré los grandes ventanales que dejaban pasar la luz del sol, pero al volverme encontré las mismas caras pobres y desesperadas de los denunciantes de ropas tan grises como el edificio de antes. Lo que también sigue igual es la panza gorda por encima del cinturón, las botas del mejor cuero y los anillos de oro de los procuradores de justicia, portando las pistolas defensoras de sus derechos.

Me fui a la parte de atrás del edificio. Tras una pequeña puerta estaba la Unidad Especializada en Delitos Sexuales y entré. Sentí que un chorrito de líquido salía de entre mis piernas. No sabía si era semen o mi propia sangre y no me detuve para averiguarlo. Estaban a punto de examinarme, de tomar muestras de todos los líquidos que encontraran dentro y fuera de mí. En una serie gringa de la tele vi una vez el caso de una mujer recientemente violada a quien le aconsejaron que no se bañara, ni dejara pasar más tiempo. Que fuera directamente a la policía.

Ah, pero la policía gabacha es distinta de la de aquí. O a lo mejor los hombres son hombres en todas partes, pero a los gringos no les gusta balconearse ante el mundo. No sé. Lo único que sé es que la indicación es no borrar una sola huella del ultraje, entre más ostentosas y denigrantes, mejor.

Llegué ante un escritorio donde se amontonaban algunos fólderes con los expedientes de las víctimas, supongo que los más recientes, porque había una pila enorme en un rincón de la habitación, en el suelo.

Me tomó la declaración un gordo que mascaba chicle como vaca desesperada, tecleaba en la máquina Olivetti y miraba de reojo mi blusa medio abierta por la pérdida de tres botones, quizá convencido, como tantos machos que trabajan aquí, de que la mujer da lugar a la violación... porque le gusta y la desea.

Relaté los hechos, desde mi salida de casa a las dos y media de la mañana, para llegar a la maquiladora a las tres. Subí al autobús, repleto de mujeres que se apretujaban en el interior del vehículo para dar paso a una más, siempre como las buenas compañeras que son...

—¡Aténgase a los hechos!— me regañó el gordo del chicle, queriendo poner fin a mis divagaciones.

Pero yo necesitaba relatarlo todo, incluida la tortura del transporte público a esas horas. Los patrones no piensan en la seguridad de sus empleadas. Los autobuses se llenan a más no poder porque en la zona hay muchísimas maquiladoras y somos muchas las que entramos a esa hora.

—Yo hago bobinas, son esos carretitos a los que se les enreda hilo...

—Ya le dije que se atenga a los hechos.

"Bueno, pues el autobús me deja cerca de la maquiladora, pero no en la puerta, así que hay que caminar algunos metros para llegar. Me bajé del transporte y caminé unos cuantos pasos. De repente, un cuerpo cayó sobre el mío, derribándome. En la oscuridad sólo pude darme cuenta de lo grande y fuerte que era ese hombre. Cuando estuve en el suelo, se levantó y arrastrándome del brazo me llevó al lado del camino. Ahí se me echó encima de nuevo. Me abrió la blusa de un tirón, así perdí los botones. Luego, con una mano me bajó los pantalones y los calzones. Se abrió la bragueta, y..."

Las mejillas del gordo se pusieron coloradas y los ojos le brillaron. El muy infeliz se estaba excitando con mi declaración. Casi podía adivinar su miembro erecto debajo del escritorio. Me detuve varias veces, quise omitir detalles, pero una declaración incompleta sirve todavía menos que una detallada, así que continué hablando de mi ataque, me penetró varias veces, por delante y por detrás, y quizá cuando estaba a punto de asesinarme (creí sentir que buscaba un arma entre su ropa), logré atinarle un puntapié en los bajos, lo suficientemente fuerte para doblarlo del dolor y que me dejara huir.

No sé durante cuánto tiempo corrí sin volver la cabeza para nada. Cuando me cansé, me detuve para arreglarme un poco los pantalones y luego encontré un automovilista que me hizo la caridad de traerme...

Luego vino el humillante examen sobre una mesa de revisiones, rodeada de un montón de mirones que comentan, toman fotografías, y se meten entre tus piernas abiertas, dizque para obtener evidencias, pero yo sé que los doctores se excitan igual que el gordo del chicle. Uno de los que me revisaban tuvo el mal tino de comentar: *"ellas tienen la culpa por llevar esta clase de vida"*.

Una lágrima se deslizó por mi mejilla, pero no dije nada. Trabajaba en la maquiladora, aunque seguramente me tomaron por una prostituta, porque de otro modo no podría entender el comentario. ¿Sería cierto que para los hombres sólo habemos dos clases de mujeres, las muertas y las que se acuestan? De antemano supe que no harían nada por mí, pero quise intentarlo de todas formas.

Hace unos días, las muchachas de la maquila y yo hablábamos de una campaña de publicidad que se supone que detendría los crímenes de Ciudad Juárez. Creo que se llamaba "*Cuida a tus mujeres*", y recomendaban que alguien nos esperara en la ruta, que no camináramos por callejones oscuros. ¡Pero si ahí están precisamente las maquiladoras!

También decía: "...lleva un silbato a la mano para que lo hagas sonar si alguien se te acerca", pero era un mensaje humillante porque se hablaba de la ruta y no somos más que las trabajadoras de maquila quienes viajamos ahí. En lugar de eso, deberían investigar quién ha matado tantas mujeres. La otra vez oí decir a alguien que murieron menos soldados en la guerra del Golfo Pérsico que en Ciudad Juárez. ¿Y de qué nos sirve saber eso si nadie hace nada?

Le dejo este diario a mi hermana Juliana. Si el tipo que me violó y del que por fortuna pude escapar regresa a terminar lo que empezó, al menos espero que mi testimonio sirva de alguna manera para ayudar a otras mujeres. No puedo abandonar mi trabajo, de él vivimos mi madre viuda y cinco hermanos menores que yo. Tengo que volver a caminar mañana, la siguiente semana, el siguiente mes y los próximos años por el mismo lugar, hasta que acabe la escuela y pueda largarme de aquí con toda mi familia. Si vivo para contarlo...

## REPORTE DEL FORENSE

*Mujer de 21 años, tez morena, cabello negro. Se encontró su cadáver en las inmediaciones de Lote*

*Bravo, desnuda, en decúbito dorsal, con quemaduras de cigarro en brazos, piernas y tórax... manos y pies amarrados con cuerdas y una bolsa de plástico amarrada a la cabeza con una agujeta...*

*Causa de la muerte, asfixia.*

# CAPÍTULO IV
## PINCHES VIEJAS DELICADAS, CHISMOSAS Y PUTAS

**J**imeno y Rodrigo, dos agentes de la Policía Judicial de Ciudad Juárez, cotorreaban en la mesa de una cantina entre rondas de cervezas, partidas de dominó y humo de cigarrillos flotando en el asfixiante aire de "El Zorro del Desierto".

Cuarenta y treinta y cinco años respectivamente, los hombres de confianza del Sub-Procurador, borrachos de Ron y poder; bigote tupido, fornidos, con el amplio tórax empapado de sudor por el calor de la tarde. El termómetro marcaba 30 grados en la ciudad fronteriza.

—¿Qué te parece el discursito que se aventó nuestro estimado Sub-Procurador en la tele sobre todo este asunto de las viejas asesinadas?

—**"Estamos utilizando todos los elementos que tenemos en nuestra mano, siempre con la tecnología más avanzada para encontrar y castigar a los culpables de estos crímenes**

**imperdonables"** —contestó Jimeno, imitando la voz del señor Sub-Procurador—. Si supieran en CNI cómo se expresa del viejerío...

Los judiciales soltaron una carcajada.

—Y seguirán amontonándose las pruebas de los delitos en el cubículo del licenciado Godínez; creo que su secre dejó ahí olvidada la torta, junto con un colchón medio destripado sobre el que se encontró uno de los cadáveres. Fue a contestar una llamada a la oficina de a lado y cuando regresó... ya no se la quiso comer, pinches viejas delicadas, todas son iguales: chismosas, remilgadas, metiches y putas, pero son un mal necesario.

—Yo no entiendo de dónde viene tanto escándalo por tan poca cosa. No son más que obreras y bien feas además. Si las matan es porque se lucen por las calles con su ropa dizque a la moda y corta, desbuchada... ¡y uno es hombre, al fin y al cabo!

—Hay un cuento colorado— dijo Rodrigo, aplastando la colilla de su cigarro contra el cenicero descarapelado y lanzando el humo de su boca pestilente—. No me acuerdo bien cómo era... a ver... era una chamaca que andaba por la calle con un vestido cortito, las pechugas casi al aire y... ¡ya me acordé! Se iba comiendo un plátano.

—¿Y qué más?—preguntó Jimeno sin gran interés, mientras le daba un sorbo a su cerveza, dejándose los bigotes llenos de espuma.

—Pues que se les antojó a dos tipos que pasaron junto a ella y pues... ¡eran hombres!, ¿qué, no? Se la jalaron a un lote y... pues...

—¿Y qué más?— repitió Jimeno más atento a su cerveza que al cuento rojo.

—Es un chiste feminista, una vieja le pregunta a la otra, "¿crees que la tipa del plátano provocó la violación? ¿O fue culpa de los tipos?

—¡No!, fue culpa del plátano... ¡ja, ja, ja!

—¿Cómo sabías el final del chiste?

—Ah, qué güey eres. Tan fácil que es adivinarlo.

Rieron a carcajadas y pidieron otra ronda de cervezas.

—Y hablando de cosas más importantes —dijo Jimeno, que había pedido el dominó y empezaba a hacer "la sopa"—. ¿Cómo va el negocio aquel?

—El Güero me prometió una mercancía de la mejor calidad. Ya se compró a dos que tres güeyes de la aduana, pero necesitamos más distribuidores.

—Ah, qué pen... —empezó a decir Jimeno, pero fue interrumpido por una tercera persona que entraba en esos momentos a la cantina. Era Melesio, el chofer del Sub-Procurador.

—Mejor jálenle pa'la oficina— les dijo a los judiciales, sintiéndose importante porque llevaba y traía al Sub-Procurador de su casa grande a su casa chica; de la Procu a la cantina, donde se reunía con otros funcionarios.

Melesio siempre se quedaba a unos metros de su patrón, tanto para que él lo tuviera a la vista por si algo se le ofrecía, como para estirar las orejas y enterarse de todo lo que veía y oía acerca de la vida de su jefe. Luego andaba despepitándolo por todos lados, jactándose de ser el hombre de confianza del Sub-Procurador.

—Me cuenta todo— solía decir en las parrandas, esponjándose de orgullo—. Yo sé cuando se enoja con cualquiera de sus dos mujeres, cuando se entera de un buen chisme, como cuando los del grupo de homicidios llevaron a seis monos al Hotel Mónaco para obligarlos a cantar. Yo me enteré antes que muchos judiciales de ese lío, y también supe antes que nadie que los de derechos humanos abrieron sus hocicos para liberarlos. ¿Pues no que quieren que castiguen a los que matan viejas? ¿Quién entiende a esa gente?

Esta vez, Melesio también traía noticias frescas.

—Encontraron en la periferia una masa de carne quemada, que parece ser de una vieja. Mi jefe necesita que vayan a la voz de ya. ¡Lo único que le faltaba era una chicharrona!

Jimeno y Rodrigo movieron sus cuerpos pesados hacia la salida de la cantina, entre mentadas a la madre del señor Sub-Procurador, risotadas por lo de "La Chicharrona" y guasas de que a lo mejor Melesio estaba equivocado y no era "Chicharrona" sino "Chichona"

## REPORTE DEL FORENSE

*En las inmediaciones de Ciudad Juárez, se encontró el cuerpo calcinado de una mujer de entre 19 y 21 años, en una bolsa de plástico negra...*

*Se mutiló un seno que también fue encontrado dentro de la bolsa, calcinado como el resto del cuerpo. Hay evidencias de fracturas múltiples en costillas y prueba de que se incineró a la víctima cuando aún estaba viva, ya que sus pulmones se encuentran calcinados. Una lesión de proyectil calibre 38 con* entrada en la faringe. *Como carburante, se utilizó gasolina de alto octanaje mezclada con petróleo para que la combustión fuera más lenta.*

En un cuartito con techo de lámina y paredes de tabique se apretujaban los parientes y amigos de Lolita para darle el último adiós. Gonzalo, el padre de la jovencita se abrazaba del féretro, llorando a gritos. Cada sollozo parecía arrancarle trozos del alma.

En un ángulo de la habitación, discretamente sentados en un viejo sillón de resortes salidos, que se clavaban en las posaderas, Doña Rosario, la abuela de Lolita derramaba lágrimas en silencio. No era Lolita la única que le dolía. Como quiera que fuera, ella descansaba en paz, aunque sólo Dios sabe lo que sufriría antes de morir. Pero no, ahora no pensaba en Lolita, sino en su hijo en su Gonzalo, que había sufrido una doble pérdida, la de su mujer, tres años antes, cuando lo abandonó para irse con un viejo de casa grande y muchos criados que la atenderían como si fuese una reina en la Capital y la de su única hija, su Lolita, la chica bonita que trabajaba en una de las tantas zapaterías de Ciudad Juárez.

Carmelita y Antonia llegaron cargando una corona de flores. Eran vecinas de Lolita y estudiaban la secundaria. No las dejaban trabajar; sus hermanos y sus padres las mantendrían hasta que tuvieran suficiente preparación para irse de esa ciudad maldita.

Las muchachas depositaron la corona a los pies del ataúd de madera, enmarcado por cuatro cirios y luego dieron algunos pasos hacia atrás, querían estar lo más alejadas que pudieran de los alaridos del padre de la difunta.

—Me mata verlo así— comentó Carmelita en voz muy baja a su hermana—. Se ha quedado solo.

—Suerte que todavía tiene a su mamá— dijo Antonia—. La señora ya está grande pero es fuerte. Claro que la pérdida de su nieta, pues...

—¿Supiste qué relajo para que les regresaran el cadáver? Uno de trámites, porque Don Gonzalo tuvo que "identificarla" y luego dicen que se desmayó cuando vio a Lolita... lo que quedó de ella. Ni un pelo en el cráneo, toda negra achicharrada y que dizque le arrancaron un seno. Unos dicen que a puras mordidas...

—No la amueles. Ya me imagino— murmuró Antonia, sacudiendo la cabeza—. ¿Crees que abrirán la caja para que podamos ver...?

—No seas morbosa, mana. ¿Quieres tener pesadillas el resto de tu vida?

—No, pos sí. Suerte que nosotras no tenemos que exponernos saliendo a trabajar.

—Sí, qué suerte. Oye, ¿y si abrieran la caja, crees que la podríamos reconocer?

Camino al mismo cementerio, al polvo de sus caminos y a los escupitajos de los sepultureros. No habiendo dinero para darles para sus aguas, Don Gonzalo y el padrino de Lolita tendrían que llevar sus propias palas y hacer el hoyo...

Y a cavar bajo ese sol caliente que apenas unas semanas antes había alumbrado a la Lolita y a su abuela, que diario salía a despedirla y a darle su bendición.

Luego de echarle tierra al féretro y de que las mujeres pusieron encima del montón de tierra todas las flores y la corona de las amigas, Don Gonzalo se sentó en el suelo, y su compadre Pancho se le acomodó junto. Destapando una botella virgen de mezcal, le ofreció a Gonzalo.

Doña Chayito rezaba de rodillas junto al sepulcro y su mano deforme por el reumatismo, pareciendo más una garra pecosa que un apéndice humano, la hacia subir, bajar, ir a los lados en una cadena de bendiciones en forma de cruces.

Le pedía al Señor que perdonara a Lolita si había muerto en pecado... La muy necia no quiso ir a misa con ella el domingo anterior a su muerte y prefirió irse al tianguis con sus amigas a gastarse algunos centavos de su sueldo.

Estaba segura de que Cristo la perdonaría por esa falta, considerando que era una chiquilla joven... y que tanto ella como todos, seguro pensaba que habría tiempo para remendar sus tarugadas.

No hubo quien le ayudara a levantarse y ella se paró como pudo, apoyando las dos manos en el suelo y levantando las posaderas. Se habían ido todos y sólo queda Gonzalo, sentado en la tierra con el compadre, recargado en un árbol sin mirar la botella que le brindaba Pancho.

Pues no le caería mal un trago, calculó Doña Chayo acercándose.

Gonzalo no veía la botella que Pancho sostenía bajo su nariz hablándole quedito para pedirle que le hiciera el honor de echarse el primer trago. Estaba quieto como las estatuas que los ricos ponían en sus tumbas.

Chayo se acercó para animarlo, y volvió a sentarse con trabajo en la tierra, frente a los dos hombres. Fue entonces cuando clavó la mirada en los ojos de su hijo y se llevó las dos manos al cuello como si algo la estuviera queriendo estrangular:

Ojos vacíos, sin odio ni dolor. Ojos en los que se borró el pasado.

—Mire, Doña, que a Gonzalo le caería re bien un trago y no me hace caso. Dígale "usté que´s" su jefecita. ¿Si? Ni siquiera me responde.

La madre mira aquellos ojos que cuarenta y siete años antes vio abrirse a la luz. Esos ojos tan hechos a llorar cuando lo dejó la Cecilia. Ojos que bramaban lágrimas de fuego por haber perdido a Lolita. Ojos duros de hombre para proteger a las dos mujeres que le quedaban, la madre y la niña.

Lo miró largamente y las lágrimas brotaron generosas por su cara de sesenta y ocho años. Se resbalaron correteándose y haciendo vueltecitas en las mejillas arrugadas de Doña Chayo. Le moqueaba la nariz y ni siquiera se la secaba son su paliacate. Con los labios entreabiertos, se iba bebiendo lo que caía en su boca muy desdentada y sonriente

—¿Qué pasa, doñita? ¿Ora que le pasa a usté? ¿De qué se ríe, Doña Chayo? ¿Ora usté se me va a volver "orate"?

—No, Pancho...

—¡Pos no espante, que ya bastante hay con el compadre que parece de piedra! ¿De qué se ríe, Doña?

—Es que le estoy dando las gracias a Dios por esta bendición.

—¿Qué? Oiga, ¿cuál bendición si todo esto es una

méndiga desgracia? ¡Chingá, no se me aloque, Doña! Mejor explíqueme.

—Fácil, Pancho, fíjate en la mirada y en los ojos de mi hijo.

Y Pancho se empina para ver los ojos de Gonzalo.

—Oiga ¡Se mira como si no estuviera! ¡Igual que cuando toca uno en la puerta de una casa vacía!

—Eso es todo, Panchito. Y por eso sonrío. Mi hijo ya no está y ya no sufre. Dios grande y nos hizo el milagro de llevarse su alma dejándolo de cuerpo presente para que me cuide y me traiga de comer...Para que no me dejara solita en mi vejez. Gracias, Diosito por este milagro tan grande ¡No se cómo habría podido vivir con las llagas que le quedaron a mi hijo en el corazón! Gracias por haberte llevado su alma al cielo.

—¡Ay Doña, no diga eso! Ha de estar como dicen los doctores, chocado o en choque, ¿no? —Pero la voz de Pancho sonaba tan vacía como su mentira. ¡Clarito acababa de ver a La Muerte en los ojos opacos del compadre!

Se echó un trago largo, largo de mezcal que hasta el gusanito del fondo bailó de susto. Luego, volvió a mirar los ojos de Gonzalo y se echó otro buen trago.

—Vámonos, Pancho. Ya empieza a pardear y tienes que ayudarme a llevar a Gonzalo a la casa.

Pancho se levantó y agarró a su compadre de los brazos hasta que lo hizo ponerse de pie. La madre recogió los dos sombreros del suelo y se levantó igual, con las manos abajo y el trasero empinado.

Por la misma vereda caminan tres sombras. El compadre que se tambalea y con su mano libre se sigue empinando el mezcalito. La madre, fuerte y ahora con pasos de muchachita. Y en medio, ese muerto que se llama Gonzalo.

# CAPITULO V
## GRITA TODO LO QUE QUIERAS, PUTA, AQUÍ NADIE TE VA A OÍR

anquetas copeteadas de basura, borrachos tambaleantes y música rock y norteña ambientaban el mercado Venustiano Carranza.

Rosario, la obrerita de la maquila que les ganaba los novios a todas sus compañeras, estaba tomándose un agua de horchata ante la desvencijada mesa de madera y metal, cubierta por un mantel de hule, en uno de los muchos puestos del mercado.

El ruido de los autobuses de la ruta ahogaba las confidencias que Rosario y Javier intercambiaban, uno frente al otro, mientras la chica jugueteaba con el popote entre los labios.

—¿Entonces, qué? ¿Sí o sí? —preguntó el muchacho por cuarta vez en cinco minutos.

—No me presiones —contestó Rosario por cuarta vez en cinco minutos—. ¿A poco crees que porque te contesto cuando me saludas a la pasada ya me estoy muriendo por ti?

—Es que… la verdad, estás bien buena, mi reina. Me gustas mucho.

Rosario seguía jugando con su popote. El líquido blanquecino subía y bajaba, en tanto que los ojos verdes pícaros de la muchacha decían que sí. Pero se estaba haciendo la interesante. Conocía perfectamente lo irresistible de su cinturita y de sus caderas amplias.

—Dame chance —insistió—. Te acepté el agua de horchata porque me caes bien, pero más no. Vas muy rápido.

Javier se dio por vencido. Pagaron el consumo y salieron, abriéndose camino por las calles repletas de gente y pestilencia. Pasaron a un lado de una pareja de novios que se besuqueaban ansiosamente. Javier le hizo un gesto elocuente a Rosario, quien fingió no verlo y apretó el paso para caminar delante de él, balanceando a derecha e izquierda sus atributos naturales.

En la maquila le decían La Pompas porque siempre iba vestida con pantalones justos y camisetas tan untadas al pecho que por encima de la ropa se le dibujaban los pezones. Se pintaba la boca de color chocolate y el cabello de rojo. Quién sabe con qué se perfumaba, pero a su paso iba dejando un olor a violetas que enloquecía a todos los hombres que se cruzaban en su camino.

Se hacía una cola de caballo muy estirada, que baileteaba alegremente al compás de su andar coqueto. A su alrededor se tejían cientos de historias. Sus compañeras decían que se había enredado con todos los supervisores de la maquila y el dueño de una zapatería, casado y con tres hijos. Se comentaba que entregaba su cuerpo con la misma facilidad que daba los buenos días y que era una experta en practicarse abortos con equis o zeta hierbas que le vendían en el mismo mercado Venustiano Carranza.

Rosario las oía, se burlaba de la envidia de sus compañeras y seguía caminando por el mundo, con la frente muy alta y orgullosa de sus carnes firmes que acababan de cumplir la mayoría de edad.

Su deporte favorito era jugar con las ansias masculinas. Decía que sí, luego que no, en un coqueteo que le resultaba delicioso y le confirmaba lo irresistible de sus atractivos. Javier era su más reciente adquisición. Lo había visto por primera vez en la parada del autobús, con sus cabellos negros brillando a la luz de la luna, cuando se encaminaba a su trabajo. "Hola, linda". "Hola", "¿Cómo te llamas?" "Rosario", "Qué nombre tan bonito". "¿Y tú?" "Javier. Oye, tienes unos ojos muy bonitos. ¿Me dejas acompañarte?"

Así había empezado todo. Javier le aseguró ser el dueño de una tiendita. Podía darse el lujo de pasear con ella porque tenía un empleado de mucha confianza que se encargaba del negocio. Por eso gastaba su tiempo con esa morena de caderas gloriosas que intentaba caminar entre mujeres con sus hijos de la mano, cargadas con las bolsas del mandado, y chicas con el ombligo saltón y descubierto.

Javier la fue a dejar a su casa. "Nada más a la puerta. Su mamá podría verla y es muy estricta con ella". Siempre salía con lo mismo, pero el muchacho tenía la paciencia de esperar. Al menos, lo saludaba en la parada de la ruta.

Días después del agua de horchata en el mercado, le permitió acompañarla a la maquila e ir por ella a la salida. Así estuvieron durante una semana, hasta que un día Javier le propuso faltar al trabajo.

—No friegues —dijo ella—. Me van a descontar lo del día, aparte de la regañada...

—No te apures. Te doy lo que te quiten. Y la regañada qué te importa; total, no te han de correr.

—Cálmate chavo. Si empiezo a recibirte dinero, al rato vas a querer mangonearme. Fíjate que no.

—¿Entonces, qué? ¿Vamos a bailar en la noche?

Rosario se movió inquieta. Estaban en la parada de la ruta esperando el autobús que la llevaría a su encierro diario, a la rutina insoportable de la maquila. Esta vida no podía ser sólo para trabajar.

—Al menos me hubieras avisado antes —todavía se defendió—. ¿Cómo voy a ir a bailar en estas fachas?

—No importa. De todas maneras eres muy bonita.

El autobús llegaba, con el ruido ensordecedor de su máquina. La gente se amontonó frente a la puerta para abordar. Por lo general, Rosario se abría paso a codazos para entrar rápido, pero ahora se quedó como hipnotizada mirando fluir el río humano. Por un día, ella no quería formar parte de él.

—Está bien —decidió—. Fuguémonos hoy.

Javier no se hizo del rogar. La tomó del brazo y la apartó de la parada del autobús. Comenzaron a caminar por una senda solitaria.

—¿A dónde vamos? —preguntó Rosario, confiada y prendida de su brazo.

—A mi casa. Iremos por mi coche y te llevaré a un lugar que te gustará mucho.

Rosario aspiró el aire fresco de la noche. Una oleada de felicidad la inundó. Era joven, bonita y con suerte. Las viejas cotorras de la maquila la odiaban por eso y porque tenía la posibilidad de pescar un buen partido. "A ellas ni en sueños las invitaría un chavo de éstos a bailar. Están tan feas que los camioneros son los únicos que se fijan en ellas. Se van a morir de envidia cuando me vean de novia del dueño de una tienda. Entonces dejaré esa horrible maquiladora y despacharé en la tienda. Javier me protegerá y ya nunca más tendré que cuidarme de los malditos que asesinan mujeres."

Iba tan concentrada en sus felices pronósticos, que apenas se daba cuenta del camino que tomaban. Ya estaban en despoblado, cruzando un lote baldío, cuando Rosario volvió a la realidad. El miedo se apoderó de ella.

—¿Estamos muy lejos de tu casa? —preguntó, disimulando el temblor de su voz.

—No, para nada, ya vamos llegando.

El instinto le ordenó a Rosario echarse a correr, pero Javier adivinó sus pensamientos y la detuvo, sujetando su brazo con fuerza.

—No seas tonta, te va a gustar. Hasta vas a gritar, te lo prometo.

Sin darle tiempo de responder, la rodeó con sus brazos y la besó. A Rosario le gustó y aflojó la resistencia. Javier sabía besar muy bien. Si no la hubiera mordido...

—¡Ay! ¡Oye, eso duele! —quiso apartarse, cuando

sintió el sabor dulzón y cobrizado de la sangre. Pero él siguió asido a ella, mordiéndole los labios, las orejas y el cuello.

—¡No! ¡Suéltame! —se debatía Rosario, y Javier seguía en lo suyo sin prestarle atención, hasta que ella le clavó las uñas en el brazo. Se enfureció.

—¡Perra maldita! —exclamó, dándole una bofetada, tan fuerte, que la derribó en el suelo. Rosario intentó escabullirse, pero Javier se le echó encima. Ella gritó hasta quedarse afónica.

—Grita todo lo que quieras, puta, aquí nadie te va a oír, y además, para lo que importan las rameras como tú.

—¡Ayúdenme! —se desgañitaba Rosario, mientras Javier sacaba la navaja del bolsillo de su camisa y le tatuaba el pecho con la palabra PUTA. Varios hilillos de sangre escurrían por su carne morena.

Ese fue tan sólo el principio. La mente torcida de Javier aún tenía muchas ideas sin poner en práctica. Le bajó los pantalones y las pantaletas y metió sus gruesos dedos índices y medio en la vagina de Rosario, mientras preguntaba:

—¿Cuántos dedos te cabrán dentro, marranita? ¡Qué ensanchadita estás, mi reina! ¡Y todavía te querías hacer la interesante conmigo! ¿Cuántos han estado contigo, perrita?

A estas alturas, los gritos de Rosario ya eran alaridos. Javier metió también el dedo pulgar, hurgó las entrañas de la chica y cuando exploró bastante, sacó los dedos llenos de sangre y repitió la operación en el recto de la muchacha que ya estaba afónica de tanto grito y súplica.

Luego se bajó los pantalones y se reanudó la tortura, entre insultos y puñetazos. Rosario perdió el sentido. Quizá esto le hizo la muerte más piadosa. Quizá no sintió los navajazos que le destrozaron su corazón aterrorizado.

## INFORME DEL FORENSE

*Mujer de dieciocho años, encontrada en un lote baldío, en decúbito dorsal, completamente desnuda, con múltiples lesiones en boca, cuello y lóbulos auriculares, por mordedura humana. Múltiples heridas penetrantes en tórax y abdomen. Vagina y recto con desgarraduras...*

Los obreros corrían con empeño por las calles para llegar a tiempo a sus trabajos y ganar los 50 pesos más del bono semanal de puntualidad o quizá porque de regreso sólo piensan en abordar el autobús con la esperanza de ganar un asiento y dormirse durante algunos minutos antes de llegar a sus casas carentes de todo.

La calle Vicente Guerrero, es un laberinto de puestos donde se venden casetes piratas, perfumes de imitación, cinturones y ropa. Si se camina hacia el poniente se llega a las torres cafés de Catedral, la vieja presidencia municipal, la plaza de armas, los almacenes convertidos en panaderías, joyerías o locales donde se rentan "maquinitas".

Por aquí pasan los que llegan a Ciudad Juárez, tal vez agradeciéndole a su suerte por haber encontrado trabajo en una maquiladora, o a un pollero que los va a llevar al sueño americano, que tantas veces se convierte en el sueño eterno.

En una de las muchas casas de la Vicente Guerrero se vivía una tragedia. Alrededor de la mesa del comedor estaban tres sillas ocupadas y una vacía. La madre miraba insistentemente el lugar vacío, mientras sorbía entre sollozos las cucharadas de sopa aguada. El padre, todavía con la cruda del día anterior a cuestas, clavaba la mirada en su plato, sin ánimos de comer.

Jaime, el hijo menor, convertido en único por el asesinato de su hermana, miraba con el asombro de sus cinco años ya a su padre, ya a su madre, sin comprender por qué estaba vacío el lugar de su hermana Rosario.

Le dijeron que ya estaba con Dios, pero no entendía por qué. Los únicos muertos que había visto a su corta edad eran sus abuelitos, alguien le dijo que los viejitos ya habían terminado de vivir y por eso se iban con Dios; pero Rosario no tenía arrugas en la cara, ni canas, ni caminaba despacito con bastón. ¿Por qué se la habría llevado Dios?

Era lo mismo que se preguntaban sus padres, pero sin decírselo. Jaime veía llorar a su mamá noche y día y a su papá empinarse la botella hasta que se quedaba dormido en alguna banqueta o en la puerta de su casa. Eso no le extrañaba tanto, era una escena de lo más común en la Vicente Guerrero, así como las interminables filas de zapaterías, una tras otra.

También se había vuelto una costumbre despedir a las hijas y nunca más volver a verlas, pero esto no lo sabía Jaime, como tampoco entendía la razón por la que su madre seguía poniendo el plato vacío en el lugar que ahora sólo el aire ocupaba.

—Mamá, ¿por qué pones el plato y los cubiertos si Rosario ya no está?

—Sí está, hijito, mientras la recordemos estará en nuestros corazones.

Y lloraba, lloraba, con un llanto sin fin

En la maquila no se hablaba de otra cosa. Al fin La Pompas había encontrado lo que tantas veces fue a buscar, la muerte. Por coqueta, por facilota, por piruja.

—Tenía que terminar así— opinó una de las chicas, sujetándose del tubo del camión para no caerse—. Le coqueteaba descaradamente a ese tipo, sin saber quién era ni cuáles eran sus intenciones.

—Es cierto —dijo otra, que por suerte había alcanzado asiento—. Yo la vi en el mercado hace quince días con ese tipo. A mí se me hace que ése la mató, porque desde entonces no lo he vuelto a ver en la parada de la ruta.

—¡Ah, qué con La Pompas! —dijo una tercera—. Las ratas se la cenaron.

Marta suspiraba en silencio, sin tomar parte en la conversación, sin opinar ni burlarse de la muerta.

La Pompas había sido amable con ella... a lo mejor porque siendo tan feíta y con sus cicatrices de acné, jamás había tenido novio. Un día la llevó a su casa para presentarla con su familia y le enseñó toda su ropa, tan moderna.

Ella sí rezaría porque La Pompas descanse en paz... Ni siquiera sé su nombre, pero le mandaría decir una misa cuando rayara. Y también pedía que alguno de los muchos galanes de su amiga muerta se fijara en ella... aunque le costara la vida, porque no quería quedarse en el mundo sin conocer el amor...

Pero ni los asesinos se fijaban en ella... Y Marta suspiró otra vez.

"Parece mentira, pero envidio a La Pompas porque murió en un acto de amor" pensó.

Desde ese día, se paseaba sola y al atardecer por el lugar donde habían encontrado a su amiga bonita. Hasta que se convenció que era cierto que ni los asesinos se fijaban en ella. ¡Nomás las bonitas!

# CAPÍTULO VI
## LA CANTADORA

"Mi Elenita cantaba, cantaba a todas horas. Cuando platicaba, lavaba la ropa o cosía en la fábrica de ropa. Cantaba hasta en la mesa y eso les molestaba a sus hermanos. Le reclamaban que sus canciones eran horribles y que no existían".

"Existen porque yo las he compuesto, decía Elenita, a quien le encantaba inventar letras y melodías. Su novio le regaló una guitarra para que acompañara la música de su corazón..."

La voz se le quebraba al mencionar a su hija. A su Elenita, que había desaparecido un año atrás sin dejar rastro.

Pidió prestado para mandar que le hicieran mil volantes con la foto de su hija y los pegó en cada poste de Ciudad Juárez. Detenía a la gente en las calles: "disculpe la molestia, ¿ha visto a esta muchacha? Sólo tiene 19 años y es costurera en..."

Las personas la veían y meneaban la cabeza, compasivas: "¡Ay, doñita, las que ha de estar pasando!, pero así como están las cosas, que se me hace que su niña ya ha de estar difunta."

No, eso no podía ser. Se negaba a hablar de Elena en pretérito. No lo haría, mientras no encontraran algo de ella.

No salía del Ministerio Público. "¿Ya saben algo? ¿Ya la encontraron?" Su corazón se retorcía de dolor cada vez que localizaban un cuerpo más. Se ponía peor cuando las señas coincidían con la edad y características de su Elenita, pero no. Nunca era ella, y esto le aliviaba e inquietaba al mismo tiempo. Dicen que la peor certeza es mejor que la incertidumbre constante, ¡quién sabe!

La infortunada madre comía como pajarito, se saltaba el desayuno, la comida y a veces hasta la cena y estaba más flaca que un hueso. "Mamá, si no comes no vas a tener fuerzas para seguir buscando a Elena", le reclamaba su hijo mayor. "No te apures, m'hijo, ya me tomé un atole y un tamal". "Eso fue en la mañana, mamá. Son las tres de la tarde". "Espérame, ya voy, es que no tengo hambre. Voy a hacerme un tesito".

"Mamá, los tesitos no sirven de nada, se te va a formar un hoyo en la panza. Necesitas sólidos".

"Orita, m'hijo, orita".

La última vez que la vio una amiga fue en el monumento a Juárez. Dice que eran como las dos y media de la tarde. A la una se despidió de la amiga como siempre, ya que se iba a trabajar a la fábrica. Pues bueno, esta amiga de Elenita dice que la vio junto a un fulano, y que cuando la vio, la saludó con la mano, pero estaba seria y Elenita no es así, es muy alegre y siempre anda cantando..."

Los funcionarios del MP la miraban con una mezcla de flojera y enojo. Habían oído la misma historia docenas de veces y les fastidiaba oírla una vez más. "Señora, todo esto ya ha sido asentado en fojas, no es necesario que..."

"Perdón, no me acordaba. Es que a mí nadie me quita de la cabeza que se la llevaron con engaños. ¡Fue ese fulano! Poco antes de que se me perdiera me dijo que un tipo le ofreció un trabajo de modelo. Como estaba tan delgadita..."

"No te confíes, mi vida. ¿Qué tal si es mentira? Ve cómo están las cosas en esta ciudad".

"Pero mamá, voy a ganar el doble de lo que gano como costurera, y como sé cantar, a lo mejor hasta me acomodo en el medio de las artistas".

"El tipo con el que la vieron tenía como 50 años. Dice su amiga que Elena y ese señor se subieron a un autobús, que ella trató de alcanzar el camión porque algo le pareció raro pero no pudo, y esa fue la última vez que la vimos todos. Por eso digo que fue él quien se la llevó."

"Mire, señora. Ya lo sabemos, lo tenemos por escrito. Váyase tranquilita a casa y cuando sepamos algo le avisamos".

Cumplieron lo prometido. La hallaron sin carne, en forma de osamenta por el tiempo transcurrido. Las pruebas de ADN fueron contundentes. Era ella. Permitieron que la madre se despidiera de Elena, que tocara sus frágiles huesitos y que los humedeciera con sus lágrimas, hundida de tristeza.

## INFORME DEL FORENSE

*Osamenta encontrada en un lote baldío en Lomas de Poleo; corresponde a un cuerpo del sexo femenino, identificado como el de Elena Márquez Cruz, desaparecida el 15 de octubre de 2000... Fracturas múltiples en pelvis y costillas, y hundimiento de cráneo en la sección occipital...*

En una casuchita de la colonia 16 de septiembre los hermanos y la madre de Elenita la recuerdan, reunidos alrededor de la mesa de la cocina. Se arrepienten de haberse burlado de su voz, sus canciones y sus sueños artísticos. Luego, con gran dolor, repasan los últimos acontecimientos, hacen conjeturas. ¿Qué pudo haber pasado en ese año, en que estaba desaparecida? ¿La habrían obligado a filmar películas sucias? ¿Cómo le arrebatarían la vida? ¿Rápidamente o poco a poco, sufriendo?

La madre no participa en las conjeturas. Se sume en sus recuerdos. La policía le avisó que tenía algo. Los hermanos de Elena abordaron la patrulla pero los oficiales los bajaron. "Que sólo venga la madre", dijeron. El camino se le hizo eterno, el corazón de la mujer latía desesperadamente. A bordo del vehículo oficial su imaginación se desbocó en mil negros presagios. Los oficiales iban serios y con la vista fija hacia delante. Su silencio era inquietante. Quiso preguntar qué era ese algo que habían encontrado, pero prefirió esperar hasta que llegaran. Si había esperado un año, qué más daba unos minutos más.

No. Esos huesos no podían ser de su hija. ¿A poco era todo lo que quedaba de ella? ¿Dónde la encontraron? ¿Cómo fue? No. Tenía que tratarse de un error.

Pero en el laboratorio del MP le habían sacado sangre y estudiado una cosa que los doctores llaman

ADN, y resultó ser igualito al de la osamenta, y según los doctores no había dos de esos que fueran iguales.

Volvió al presente. Oyó a uno de sus hijos decir: "...Elena casi no salía, su único pecado fue creer en un hombre sin escrúpulos. Y nunca faltó a casa. Era lógico suponer que estuviera muerta después de no verla un año..."

—Bueno, ya es bastante —interrumpió la atribulada madre—. Cállense todos.

Y rompió a llorar. Sus hijos abandonaron sus lugares alrededor de la mesa para apiñarse a su alrededor y darle palmaditas en la espalda.

La madre de Elena acomodaba las escasas pertenencias de su hija muerta. Le consolaba tocar sus cosas, impregnadas de su contacto. Un cuadernillo atrajo su atención. Lo abrió, sus páginas de color de rosa guardaban los más íntimos secretos de su Elenita. Estaba por guardarlo en el cajón de su buró. Le debía respeto a su hija. Pero luego lo pensó mejor. Elena ya no estaba, ni estaría jamás y leer sus anotaciones sería una forma de estar con ella.

### 12 de octubre de 2000

*Querido diario:*

*Tengo tantos planes que no puedo ni dormir dándoles vueltas y más vueltas.*

*Ya sabes lo mucho que me gusta cantar. Traigo locos a mis hermanos con mis canciones pero no lo puedo evitar. Como que traigo la música en las venas. Algún día dejaré de ser costurera y cantaré en grandes escenarios. Nada más que tenga un buen material, lo grabaré para mandarlo a la capital. Quisiera estudiar música pero no hay con qué. No queda más remedio que grabar un casete con mis mejores canciones y mandarlo. Sé que les gustará a las disqueras y con esa lana me iré de aquí a realizar mi sueño de estudiar lo que me gusta.*

*Ojalá mamá quiera venir conmigo. Mis hermanos no entran en mis planes. Ellos no me necesitan, se bastan por sí mismos y no creo que quieran dejar Ciudad Juárez. En cambio, a mamá podría comprarle una casota con muchos sirvientes para que no tuviera que hacer tareas domésticas nunca más.*

*Se me está presentando una buena oportunidad, querido diario, fíjate que hace dos días conocí a un señor que es agente de modelos en el DF. Dice que como soy joven y tengo buen cuerpo me entrenará para modelar vestidos de diseñadores famosos. ¡Ahí hay un dineral! No le he dicho a mamá, porque quiero que sea una sorpresa...*

La madre suspendió la lectura, agobiada *por el dolor*. ¡Qué triste fin tuvieron los sueños de su hija!; se consoló pensando que después de todo Elenita había obtenido lo que deseaba. Seguramente estaría con Dios, cantándoles sus canciones a los ángeles.

La mamá de Elenita se consumió como una vela... comenzó a mentirles a los hijos, diciendo que ya había comido. Un día en que se desmayó, el hijo mayor la llevó al hospital, donde le dijeron que estaba seriamente desnutrida.

Le pondrían suero, vitaminas, y cuando la dieran de alta, los hijos tendrían que estar presentes para cerciorarse de que comiera bien.

El día en que la dieron de alta, los hijos la llevaron a casa. Una vecina hizo una comida muy sabrosa y los muchachos le compraron un pastel de chocolate y se sentaron a comer con ella y a vigilar que no se hiciera la turista.

Doña Elena, la mamá de Elenita, comenzó a mejorar y a subir de peso, pero sucedió algo muy raro... Como que empezó a volverse loca poco a poco:

—¿Por qué me obligan a vivir, hijos?

—Por favor, mamá, es que te queremos mucho.

—¿Y no me respetan o qué? Si mi voluntad es morir ¡Y ya llevaba buen trecho en el camino! ¡Tengo que irme con su hermana Elenita!

—¿Pero qué, nosotros no te importamos mamá?, —preguntó el menor con cara de pena.

—¡Me importan, pero ya no me necesitan! ¡Y Elenita, sí!

—¡Está muerta, madre! ¡Tienes que aceptarlo!

—¡Lo tengo aceptado! ¿Creen que soy idiota?

—Entonces, ¿para qué te necesita, dime?

—Porque ella es muy flaquita, tímida y a veces tenía pesadillas y venía llorando a meterse en mi cama... ¡bola de egoístas!

—Nosotros la quisimos mucho, madre, —dijeron casi a coro.

—Sí, como no —respondió Doña Elena con una risita sarcástica— ¡Por eso la callaban y se reían de ella cuando cantaba en la mesa!

—¡Es que era un gorro, jefa! Ni siquiera podíamos platicar por oír sus gorgoritos...

—¿Ya ven? ¡Solitos cayeron, hijos! Y mi niña debe estar asustada allá en el cielo, entre tanto ángel.

—¿Cómo crees, jefa?

Doña Elena ya no les hizo caso y se metió a su cuarto azotando al puerta...

Cada día más flaca y más triste. Ya ni siquiera tenía el pendiente de navegar por las delegaciones y los depósitos de cadáveres. Ya no guisaba para los hijos, y cuando ellos le traían una torta o unos tacos, los tiraba a la basura tan pronto como se iban...

Más hospital, más suero... Con la diferencia de que ahora, Doña Elena no paraba de gritar hasta quedarse ronca:

—¿Por que me salvan contra mi voluntad? ¿Por qué no me dejan reunirme con mi hija?

Los médicos comenzaban a verla de reojo, y los hijos ya no discutían con ella...

—¡Tengo derecho a la muerte! ¡Desgraciados! ¡Déjenme en paz!

Cuando terminaron con el trámite para internar a "La jefecita" en un sanatorio para enfermos mentales patrocinado por el gobierno, los muchachos la llevaron casi a rastras.

El portón de encino se cerró tras de Doña Elena, arrastrada por dos enfermeras gordas como una plumita en el aire. Pero los hijos siguieron escuchando sus gritos casi hasta llegar a la calle.

—¡Malditos sean! ¡Malditos los tres en el nombre de Dios! ¡Me impidieron irme con su hermanita! Maldita la hora en que los parí a los tres

— ¡Ni libertad para morirme me dieron! ¡Ojalá se los trague el infierno! ¡Méndigos bastardos!

Doña Elena todavía vivió un año antes de poder reunirse con su pequeña, con su Elenita, que en las puertas del cielo la recibió cantando.

# CAPÍTULO VII
## MONTSERRAT ¡POBRE NIÑA! ¡TAN JOVEN Y CON TANTA CARGA SOBRE SU ESPALDA!

**J**uárez es una ciudad atractiva a pesar de los sucesos que se lamentan desde una década. Está en expansión, como queriendo comerse los sembradíos. Sus ejes viales van de norte a sur y de este a oeste. Recorriéndolos uno puede ver avenidas, puentes y colonias, algunas tan perdidas que casi llegan al desierto; es ahí donde se encuentra el imperio de las maquilas y los centros comerciales.

El centro está adoquinado quizá para hacerlo más atractivo a los visitantes, aunque para los lugareños da lo mismo. Nadie le quita a los bebedores y juerguistas sus bares nocturnos; ni a los jugadores sus billares; ni a los hombres de negocios sus casas de cambio.

Por un lado del Río Bravo, muy cerca de la frontera, está la Avenida Malecón, continuación de Salvarcar; si continuamos caminando hacia el norte llegaremos a San Lorenzo, con sus avenidas como las de las ciudades gabachas que le imprimen un aire más alegre a Ciudad Juárez. Aquí hay de todo: pavimento, drenaje, agua potable, alumbrado público, en contraste con las pobres casuchas que bordean la carretera hacia Texas. Aquí hay negocios humildes que siguen hasta la entrada de Lomas de Poleo.

Y aquí Juárez parece otra, dorada de arena, gris en sus rocosos despeñaderos, verde en sus arbolillos y plantas, de esas que pegan en cualquier terreno, por árido que sea, y sirven para preparar té y enmarcar el paisaje de sol abrasador.

Precisamente en Lomas de Poleo vivía Montserrat, casi al pie de un cerrito escuálido. Acababa de cumplir dieciséis y ya mantenía una familia con el producto de su trabajo en una ferretería a orillas de la polvorienta carretera. Se mataba turnos de doce horas diarias para dar de comer a su madre y sus cuatro hermanitos abandonados. Hubiera tenido más, si su padre no le hubiera hecho el favor de largarse al otro lado, de donde nunca jamás volvería. Montserrat lo sabía muy bien. Su padre era tan irresponsable que con toda seguridad ya se había enredado con alguna gringa con quien podía darle vuelo a la hilacha. Una mujer de buenas piernas y frondosas caderas que le diera algo más que lloriqueos.

Montserrat transitaba entre la compasión y el franco desprecio hacia su madre, casi siempre con un rosario entre los dedos, pasando las cuentas con los ojos en blanco, mientras se despellejaba las rodillas en el suelo de tierra suelta. ¿No que tenía artritis? ¿No que le dolían las coyunturas noche y día? Sin duda alguna los dedos tampoco le dolían para encender la tele y atontarse con novelas, mientras su hija mayor se partía el lomo para darles de tragar a ella y a los pequeños parásitos que vivían a costa suya.

Así pensaba Montserrat, mientras sus labios dibujaban sonrisas para los clientes de la ferretería. Cada hombre que llegaba hasta ella solicitando herramientas, pintura o cemento constituía un prospecto potencial para que la sacara de la miseria en que vivía.

—¡Montse, Montse! —exclamaba Don Gil, su patrón, meneando su cabeza calva y frunciendo el entrecejo—. No te arriesgues así. Eres joven y muy mona. No dejes que cualquiera de los vivales que pasan por aquí te chamaqueen y luego te deje botada con un paquete. ¿No tienes suficiente con tus hermanitos?

Y Montserrat se mordía los labios y desviaba la mirada para que Don Gil no leyera en sus ojos el secreto que guardaba. Por fortuna había logrado eliminar las evidencias. Ordenaba la trastienda, borrando las huellas del amor, antes de que Don Gil volviera de las muchas diligencias que tenía que hacer durante el día. También se deshizo de aquella otra evidencia de su aventura con aquel camionero que juró llevársela a Texas para luego evaporarse como una gota de agua en medio del desierto chihuahuense. Una yerbera le vendió un manojo de pestilencia verde que preparó en la misma cocina de su casa. Su madre estaba tan metida en sus telenovelas y en sus rezos que aceptó la explicación de su hija acerca de su malestar estomacal. Sagrario aceptaba todo lo que Montserrat le decía, empezando por los fajos de billetes, sin rechistar.

El hijo se le había salido de las entrañas después de mucho dolor y sangrados. Durante tres días, Montserrat tuvo que prescindir de sus faldas y pantalones apretados para que no se le notaran las toallas nocturnas. El susto le duró poco. Ni siquiera respetó la cuarentena cuando ya se estaba metiendo con otro caminante. Había preguntado en la farmacia y el dependiente le vendió unas pastillas con guía de flechitas y números para que no se brincara ninguna. No le gustaba tomarlas, porque le ensanchaban las caderas, tenía náuseas y sangraba mucho cada quince días, pero era preferible eso a convertirse en una coneja como Sagrario.

La enfermedad de su hermanito Julio agravó la situación económica de Montserrat. Ella no estaba asegurada y era necesario comprar las medicinas del niño, quien padecía unas fiebres raras que ninguno de los doctores que consultaron supo diagnosticar, aunque para cobrar sí eran buenos. Ni por ésas Doña Sagrario abandonó sus rezos y telenovelas para irse a trabajar o por lo menos cuidarle las calenturas a su hijo de cinco años. Se quedaba a cargo Celia, la hermanita de ocho años, que bajo la dirección de Montserrat aprendió a colocarle compresas frías en la frente a Julio y darle las cucharadas que mandaba el doctor.

Pero Julio en lugar de mejorar empeoraba hasta que un día cerró los ojos para siempre, ante la mirada impotente de sus hermanos mayores. Otro doctor le dijo a Montserrat que era casi imposible que se curara sin hospitalización, pues tenía meningitis, y posiblemente los demás se contagiarían dado que este mal lo padecen los niños principalmente.

Ahora sí Doña Sagrario lloró al pie del pequeño féretro de Julio, apartándose momentáneamente de los dramas de la televisión para vivir el propio. Lo que no soltó fue su eterno rosario, gastado a sobadas. En la habitación del fondo, Celia empezaba a quebrantarse por la enfermedad que se llevó a su hermano, mientras Montserrat se apoyaba en una de las paredes de adobe, de su casa-funeraria, con los brazos cruzados y la vista fija en su madre, inconmovible a sus lloriqueos. Don Gil llegó un poco tarde al velorio, pero saludó cortésmente a los vecinos allí reunidos y le dio el pésame a Sagrario, que ni siquiera lo oyó. Entonces se colocó junto a Montserrat.

Cuando Celia se agravó y Sagrario se hundió en tal depresión que no salía de la cama, Montserrat quiso arrojar la toalla. Era demasiada carga para sus frágiles hombros y no sabía cómo llevarla. El sueldo que le pagaba Don Gil no le alcanzaba para una enfermera, ni siquiera para una sirvienta. Su patrón le prometió hablar con una tía que era maestra jubilada, para ver si les echaba una mano.

Esa noche, Montserrat salió de la ferretería y en lugar de irse a casa, caminó sin rumbo fijo, respirando el aire de la noche. Quería llenarse de frescura los pulmones y el alma antes de asfixiarse entre las cuatro paredes en que vivía con su familia.

### REPORTE DEL FORENSE
*...se encontró el cuerpo de una mujer de 16 años de edad, a las 18:00 horas del 16 de abril de 1998.*

*Robusta, morena, mestiza, 1.60 metros, en decúbito dorsal, con heridas múltiples en cara y cuero cabelludo, con fractura de vértebras cervicales. Excoriaciones en brazos y piernas, tórax con heridas penetrantes, abdomen con intestinos expuestos...*

Don Gil tiene otro asistente. Es un muchacho de 20 años, recién casado y sin hijos. El patrón lo escogió a propósito para tratarlo como a un empleado y no involucrarse con sus penas ni con su vida. La pérdida de Montserrat le dolía como si hubiese sido su propia hija. Nunca tuvo ese gusto. Su mujer murió de pulmonía después de diez años de intentos infructuosos para tener familia, y le hubiera agradado que fuera como ella, su empleadita, rebelde, queriéndose comer el mundo de una mordida, sintiéndose inmune a la muerte y más inteligente que los adultos. Don Gil se alegraba de no hacerle saber que estaba al tanto de sus fajecillos en la trastienda. No hay crímenes perfectos, y aunque Montserrat dejaba todo muy acomodadito antes de volver a su puesto detrás del mostrador, nunca faltaban evidencias que la delataran, como los ojos indiscretos de algún caminante que había requerido una tuerca o un desarmador justo cuando la cortina del negocio estaba abajo con el letrerito *Cerrado por inventario.*

Pero era incapaz de reñir a la pequeña Montserrat. Don Gil entendía sus ansias de vivir. ¡Pobre niña! ¡Tan joven y con tanta carga sobre su espalda!

Pero ya descansaba en paz.

# CAPÍTULO VIII
## JUNTAS PARA SIEMPRE...

 iudad Juárez le da la bienvenida al ocaso. Las nubes se acumulan en el cielo y la oscuridad tiende su manto negro sobre Lomas de Poleo. En los terrenos baldíos madres, hermanos y esposos hurgan entre los escombros buscando cuerpos abandonados, temiendo y deseando a la vez encontrar a sus mujeres extraviadas, pues una vez perdida la esperanza de hallarlas con vida, al menos queda el consuelo de tener los restos para darles sepultura. La fosa común no es un buen lugar para quienes tienen parientes que aun con estrecheces pueden preparar un funeral.

Las nubes descargan su contenido. El calor en el día fue tan abrasador, que las gotas se evaporan tan pronto como caen sobre los suelos arenosos. A pesar de todo, la actividad continúa, a pie, o en autobuses de la ruta. Los camioneros juegan carreritas en las carreteras, los obreros se encaminan a las fábricas, los borrachines salen de algún club nocturno, mientras una que otra bailarina de *table dance*, sale del brazo de un hombre.

Diana miraba la ventanilla mojada al lado de su asiento, mientras el vaivén del camión la adormecía. Camino a la maquiladora pensaba una vez más en Estela, aquella morenita que trabajaba en la mesa de a lado, siempre atenta a su máquina de coser, aunque de vez en cuando se volviera hacia Diana para regalarle una sonrisa.

Estela se había convertido en su mejor amiga. Sabía que Diana vivía sola porque había huido de su casa, donde la maltrataban desde niña. Sabía que su padrastro había intentado violarla cuando acababa de cumplir doce y que a los doce y medio se salió con la suya. Conocía el temor de Diana cada vez que ese hombre de aliento alcohólico y cuerpo sudoroso se metía entre sus sábanas para tocarla y penetrarla. Sabía que Diana había terminado fugándose de su casa a los catorce, temiendo acabar embarazada de un tipo asqueroso a quien despreciaba con toda el alma.

Estela conocía casi todos los secretos de Diana, todos menos uno. Era algo tan vergonzoso para ella que habría preferido morir que revelarlo.

Tal vez fue por la manera en que inició forzadamente su vida sexual, quizá había nacido con la tendencia que ahora se definía claramente. El hecho es que Diana soñaba con Estela. Vivía para sonreírle furtivamente entre el *taca taca taca* de las máquinas de coser, disfrutaba con su compañía y sus conversaciones, aunque tuviera que aguantarse las ganas de acariciarle el pelo o darle un beso cuando hablaba con esa gracia tan suya.

Estela también le hablaba de sus cosas. Compartía con Diana sus ambiciones y gustos musicales. En sus días libres le encantaba invitarla a su casa y prestarle sus discos favoritos. Los ponían en el modular y Estela movía las caderas al ritmo de las canciones gruperas, mientras Diana contenía las ansias de comérsela viva. A veces se iban al centro comercial y compraban champú, cosméticos, cremas y cuando algo sobraba, algún vestido para ir a bailar los viernes por la noche. Estela tenía novio y se notaba lo mucho que la quería. Danzaban los dos muy pegaditos entre muchas otras parejas del club nocturno, mientras Diana se conseguía pareja intentando cubrir las apariencias, o se quedaba en la mesa con su copa en la mano tragándose los celos.

Cuando estaba sola en su cuartito rentado, ensayaba frente al espejo gestos y sonrisas que no dejaran translucir otro sentimiento que no correspondiera al de amistad. Pensaba en Estela, imaginándola en la sala de su pequeña casa, rodeada del amor de sus padres y hermanos, mirando la televisión o compartiendo el pan en la mesa y le ganaban las ganas de verla. Entonces se salía y rondaba su casa, cuidándose mucho de que no la descubrieran. Si Estela iba a la tienda, Diana se hacía la encontradiza y juntas se iban charlando por las polvorientas calles de Ciudad Juárez, embellecidas por las ilusiones de los diecinueve años.

—Oye, m'hija. Como que veo medio rara a tu amiga, la de la maquiladora.

—¿A quién? ¿A Diana? ¡Ay, amá! ¿Por qué dice usted eso?

—Pus no sé —la mamá le pasa a Estela otro plato, rechinando de limpio, para que lo seque—. Como que es muy... ¿cómo te dijera?... muy cariñosa, muy... No, mejor no te digo porque vas a pensar que tengo la mente cochina.

—¡Ay amá, no manche! ¿No estará insinuando que Dianita es...?

—Pus...

—¡Amá! ¿Qué no ve que Diana es solita en el mundo? Ya le he contado varias veces su historia, ¿qué no?

—Precisamente por eso —contestó la doñita desconfiada, frotando una taza con el estropajo enjabonado—. A lo mejor el susto fue tan grande que ya no quiere nada con los hombres y te anda queriendo echar el lazo, m'hija.

—¿Cómo cree?

—¿A poco le has conocido algún novio?

—No amá, pero la he visto bailar nada disgustada con hombres.

—Ni modo que baile con mujeres.

—Por favor...

—Yo sólo te pido que te cuides. La muchachita se ve inofensiva, pero si es lo que creo que es, más vale que le quede muy claro que tú no. Luego, por esos malos entendidos vienen los celos, y... no vaya después a salirte con la cantaleta de "mía o de nadie".

—¡Ay, amá! Ya no vea tantas telenovelas.

A querer que no, la espinita se le quedó a Estela. Sin regatearle su amistad a Diana, le hacía preguntas, como quien no quiere la cosa, y la observaba discretamente. Estela, que era lo suficientemente sensible para darse cuenta de que su mejor amiga ya estaba sobre la pista correcta, modificó su conducta. Ya no la miraba tanto durante el trabajo y dejó de hacerse la encontradiza en su calle. Se inventó un vecino que andaba tras ella, y a quien no le correspondería hasta estar segura de su sinceridad. Estela se sintió avergonzada por haber permitido que le sembraran la duda y las cosas volvieron a la normalidad.

Diana estaba desolada. Subía y bajaba las escaleras automáticas del centro comercial, juntando trozos de recuerdos de sus visitas con Estela. Hacía una semana que no la veía. Su madre le dijo que estaba hospitalizada por una enfermedad contagiosa, en una clínica del Seguro, que la tenían aislada y sólo podían verla detrás de un cristal como si fuera un bicho raro.

Diana voló a prestarle apoyo a su compañera pero le negaron la entrada. "Sólo familiares", dijo secamente el guardia de la puerta. La mano injusta del destino había cortado los lazos de su amistad y ahora el único eslabón que aún la unía con Estela, era su familia, a la que no podía frecuentar con demasiada insistencia si no quería que renacieran las dudas acerca de sus preferencias sexuales.

En la maquila, bajaba la vista a su máquina de coser y no le dirigía ni una débil mirada a la mujer que ocupaba el lugar de Estela y que no era ni la mitad de simpática y bonita que ella. Saliendo del trabajo, vagaba por las calles o rondaba el hospital en busca de alguna noticia. Se preguntaba si su amiga estaría sufriendo en su cama blanca de hospital, si pensaría en ella o estaría tan inconsciente que no sería capaz de reconocer ni a su propia madre.

—¿Pero qué tiene? —le preguntó a su hermano Hugo, en una de las escasas visitas que hizo a su casa.

—No sé. Dicen en el Seguro que tomó agua mala y se le están deshaciendo las tripas.

—¿Y se salvará?

—¡Quién sabe! Sólo Dios...

El velorio fue muy triste. A nadie le extrañó ver ahí a Diana, pues todos sabían que era su mejor amiga. Le dieron la bienvenida, le ofrecieron café cargado, la dejaron despedirse de Estela al pie del féretro. Diana sujetó sus emociones lo mejor que pudo, mientras intentaba distraerse oyendo la charla de los padres de Estela.

—Después de dos infartos no creí aguantar la muerte de una de mis hijas, pero aquí estoy... —decía la mujer a su marido, sentado enfrente y entrado en copas—. Tengo otros dos hijos que me necesitan. Tú también tienes que ser fuerte, Toribio. Tú también les haces falta.

Hugo estaba sentado en el suelo, al pie de la especie de pedestal en que colocaron el ataúd de Estela, acurrucado, abrazándose las rodillas y con la cara oculta entre las piernas. Diana se le tumbó a un lado y rodeó con su brazo los frágiles hombros del hermanito de nueve años. Ya tiene edad suficiente para entender la tragedia y su corazón se retuerce de dolor al pensar que nunca más volverá a ver a su hermana preferida.

Mamá le había hablado de Dios y El Cielo, pero todo eso es muy abstracto para él, quizá demasiado lejano. Él no quiere volver a ver a Estela después de muchos años y en el Cielo. Él la necesitaba ahora, para que lo viera crecer, casarse y tener hijos.

Hugo lloró sobre el hombro de Diana mientras la madre de la difunta daba gracias a la Virgen porque su Estelita murió en una cama, atendida por doctores y enfermeras y le habían entregado pronto su cuerpo.

—Si tenía que morir, qué bueno que fue así, y no como han muerto tantas obreritas en Ciudad Juárez. Eso sí hubiera terminado de partirme el corazón.

El entierro fue por la tarde; para entonces Hugo tenía dos brasas en lugar de ojos, de tanto llorar. Laura y Virginia no entendían bien lo que estaba pasando, gracias a la piadosa ignorancia de sus cuatro y cinco años, pero se abrazaban a su madre, presintiendo algo malo. Diana iba de un lado a otro intentando no estorbar a los sepultureros ni a la familia. Se guardaba sus lágrimas para llorarlas a solas. Por lo pronto seguía representando el papel de amiga, sólo amiga.

Ya había anochecido cuando Diana regresaba a su cuartito rentado. El padre de Estela se ofreció acompañarla, pero la chica rehusó. Quería caminar sola, llorar a gritos sin más testigos que el viento y la arena. Fue la última vez que la vieron con vida.

## REPORTE DEL FORENSE

*Mujer de aproximadamente 19 años, encontrada en un lote baldío en Lomas Poleo, con un impacto de bala calibre 45, con orificio de entrada en el parietal izquierdo y salida en el parietal derecho. Excoriaciones en la cara y cuello. Presenta arrancamiento de la oreja izquierda, por mordedura humana. Múltiples contusiones en tórax, abdomen y extremidades inferiores. Presenta desgarraduras vaginales y rectales...*

La madre de Estela reclamó el cuerpo de Diana. A falta de parientes que se interesaran en ella, movió cielo y tierra para evitar que la chica y su secreto callado fueran a dar a la fosa común. La enterraron junto a Estela, para que pudieran acompañarse.

Doña Clotilde había leído en el corazón de Diana, pero nunca reveló sus hallazgos más que a Estelita, quien a fin de cuentas era la única que tenía derecho de saber lo que estaba ocurriendo, pero ahora se arrepentía. Diana era tan indefensa como una flor del campo y Doña Clotilde agradecía al cielo que su hija no le hubiera creído. Quizá se habría contaminado su amistad. ¡Quién lo sabe!

# CAPÍTULO IX
## LA DE LOS CABELLOS ROJO CLAYROL

 ran las seis de la mañana y Ana peinaba sus largos cabellos *Rojo-Clayrol* ante el espejo del tocador, vestida sólo con el coordinado de *brassiere* y pantaletas. Marcos se aproximó por detrás y besó su hombro redondito y moreno y la invitó a divertirse un poco.

—No vayas al trabajo. Escapémonos hoy.

—¡Estás loco! Nos descontarán el día y las cosas no andan ahorita como para estar perdiendo dinero.

—Ándale, vamos —insistió Marcos, enlazándola por la cintura—. Ven a la cama —le besó el cuello y las orejas, sabiendo lo irresistible que le resultaba a su novia esa caricia.

—¡No y no! —contestó remolona, escurriéndosele de las manos como un pececillo recién atrapado—. ¿No hemos hecho esto casi toda la noche?

—¡El mañanero! —reclamó Marcos, entre gemidos, volviendo a sujetarla.

—Déjame ir. Se me está haciendo tarde, y todavía tengo que ir a reportarme a mi casa para que no se preocupen por mí.

—¿De cuándo acá? —preguntó Marcos, enfadándose por primera vez— Como si le importaras tanto a tu madre. Le hace más caso al borrachote de tu padre que a ti.

La manecita de Ana le propinó un pellizco a Marcos, más de cariño que de castigo, porque tenía razón. Sin embargo, los líos que tuvieran sus padres eran una cosa y sus deberes como hija de familia, otra muy distinta. Marcos escuchaba estas explicaciones con una mueca de burla.

—¿Qué clase de hija de familia pasa la noche en un hotel con su novio tres veces a la semana? Una vez te les desapareciste tres días.

—¡Y hay que ver la que se armó! Casi le cambian las chapas a la casa —repuso Ana, con la voz ahogada por la tela del vestido que se metía por la cabeza—y tienen razón. Con lo que está pasando en la ciudad, es lógico que se preocupen.

Marcos se sentó en la orilla de la cama, mirando a su novia con la misma expresión de un niño a quien le niegan una golosina. Todavía la quiso retener con un último argumento:

—No te hagas la remolona. A ti no te harán nada. Toda Ciudad Juárez sabe que eres hija de un judicial y al que se atreva a tocarte lo queman vivo.

—¡Déjame ir! —insistió, clavándole los codos en los costados, porque Marcos se le había acercado por detrás y le subía el vestido.

—El mañanero, ándale, no seas malita que me muero de ganas...

Ana no llegó a su casa esa noche, ni la siguiente. Sus padres, entre disgustados y tranquilos, porque ya la conocían, no se inquietaron. En sus ratos de sobriedad su padre renovaba la decisión de castigarla con su indiferencia. Que se siguiera revolcando con el Marcos, a ver si después de haberla disfrutado hasta la saciedad todavía quería casarse con ella.

Don Marcial tenía unas ideas muy particulares acerca del comportamiento de hombres y mujeres. Cuando alguna madre que tenía perdida a la hija se le acercaba para solicitar su ayuda, les propinaba tremendos sofocones siempre con las mismas palabras que recitaba como estribillo: "Como dice mi superior, el Señor Procurador de Justicia, las condiciones de vida de las desaparecidas de Juárez son propicias para que sufran esta clase de muerte. ¿Cómo salir cuando está lloviendo sin mojarse?".

Las angustiadas madres le clavaban la vista, queriendo entender qué tenía que ver todo aquel palabrerío con el paradero de sus hijas. Entonces, Don Marcial descendía al nivel "del viejerío", como solía llamar a las dolientes, y las culpaba por haber permitido que sus hijas llevaran una vida disoluta, como si fuera una gran falta salir a ganar el sustento.

"Y mi querida Ana se pasea casi desnuda por las calles, y a güevo se metió a trabajar a la maquiladora, quesque para ser independiente", añadía Marcial para sus adentros. "Méndiga puta me salió la Ana, pero todo es culpa de su madre que a todo le dice que sí. ¡Mayoría de edad, mis calzones! Cuando yo era joven las chamacas no andaban con esas mamadas. Pasaban del padre al marido, mansas como gatitas, aunque tuvieran veintitantos años. ¡Y llegaban vírgenes al matrimonio!, no como Ana que ya está más manoseada que los expedientes de la Procu."

Muchas veces amenazó con cambiar las chapas. Si su hija ya tenía quien la mantuviera que se quedara con Marcos y no viniera a ponerle el mal ejemplo a su hermana Ruth, pero a la hora de la hora le ganaba el amor de padre, que a pesar de todo le tenía a su Anita.

"Pinche escuincla, tan barbera que no la puedo regañar bien", se quejaba Marcial. "Desde chiquita era más melosa conmigo que con su madre. De eso se aprovecha la muy jija. Me tiene tragando en su mano, pero no quiero que lo sepa, porque si así me tiene tomada la medida..."

La mamá de Ana como se encelaba de esa relación tan estrecha entre el padre y la hija. Llevaba a Marcial agarrado de las narices y lo sabía, a pesar de los pueriles disimulos del judicial, que brincaba por el aro que la chica le ordenaba, con todo su machismo, su estatura, su panza y la inseparable pistolota en el cinto.

Así que la buena señora llegó a la conclusión de que Ana no la necesitaba, pero tampoco le permitiría interponerse entre ella y su marido. Por esa razón le importaban poco las entradas y salidas de Ana, deseando inconscientemente quizás que algún día no volviera para que la atención de Marcial le perteneciera por completo. Doña Susana envidiaba el rostro sin imperfecciones de su hija, la sedosidad de su cabello que tan pronto era rojo, como rubio o castaño. Su gracia, su figurita esbelta, aunque curveada y sobre todo el amor que inspiraba sin poner casi nada de su parte.

Don Marcial mantuvo la calma y mientras seguía cumpliendo a medias con su trabajo y sermoneando al viejerío, hasta que la mañana del cuarto día se le presentó Marcos, pálido y ojeroso en la Procu, preguntándole por Ana.

—No la he visto en tres días —se quejó Marcos—. Ni a la maquiladora ha ido. Por favor, perdóneme. No volveré a pasar noches con ella en un hotel, hasta que no sea mía con todas las de la ley, pero por favor, no me prohíba verla. Estoy enamorado de ella. ¡Levántele el castigo, no sea malo..!

Don Marcial sintió que se le hacía un agujero en el estómago.

—¿Qué dices, infeliz? ¿Ana no está contigo?

Lo agarró por las solapas del saco raído, arrastrándolo hasta la patrulla que estaba estacionada fuera. Abrió la portezuela y lo metió de un empujón. Luego, se sentó a su lado y subió los vidrios para que nadie oyera la conversación.

—Empieza a hablar, monigotito, antes de que te vuele la lengua de un plomazo —murmuró Don Marcial, encañonando al tembloroso Marcos.

—P-pero... ¿entonces no está Ana con ustedes? Yo creí...

—¿Qué pasó? ¿A dónde te la llevaste?

—Pasamos la noche en el hotel... yo no la dejé ir a la maquiladora ese día... yo tampoco fui... nos pasamos toda la mañana... bueno, ya sabe en la cama, con todo respeto... ella salió como a las dos de la tarde, medio enojada consigo misma y conmigo por haber cedido a mis ruegos... dijo que sería mía la culpa si nos corrían a los dos de la maquiladora...

quise contentarla llevándola a su casa, pero no quiso... "ya es bastante grande la que se va a armar cuando llegue sola, para completarla con tu presencia... "y eso fue todo... no la he vuelto a ver... pensé que la tenían castigada.

Don Marcial descargó un cachazo en el rostro de su futuro yerno, que lanzó un gemido.

—¿Y desde cuándo esa mala hija se disciplina? No, Marcos, no está en casa, ni en la maquiladora. ¡Desapareció!

—¡Ay, Don! No me asuste, le juro que ya me voy a portar bien...

Otro cachazo emparejó las mejillas de Marcos.

—¿Qué no entiendes, grandísimo imbécil que no está en la casa? ¡No sé dónde está! Si se muere te arrastro por toda Ciudad Juárez, te lo juro.

Hicieron un operativo en bares y salones de baile. Marcial encabeza lo que él ha bautizado como "barrida de cucarachas", con la furia reflejada en el rostro y un odio en el alma que no se extingue por más trancazos que reparte. Agarraron a cuatro sospechosos en medio de una partida de naipes, pero tres días después los soltaron por falta de pruebas. El judicial vivía ahora en carne propia un drama que cuando era ajeno le valía madres. Y todavía tenía boca para dar sermones.

Estaba rabioso contra él mismo, contra Marcos, contra la nopalona de Susana que fingía mucho pesar, chillando lágrimas de cocodrilo sólo cuando y donde

Marcial pudiera verla. Mucha tristeza y mucho dolor, pero no era suficiente para bajarle la calentura y por las noches, cuando el judicial se metía en la cama después de una jornada más de búsqueda inútil, su esposa tenía la desfachatez de echársele encima, como si nada hubiera pasado.

El desprecio de Marcial se extendía hasta el agente del FBI, aquel gabacho que contrató el Gobierno de Chihuahua con los dineros del pueblo y que con su mal español emitía sus teorías: **"Ser probablemente hispanos o estadounidenses que residen en El Paso y cruzan Ciudad Juárez a matar mujeres"**.

Marcial se reía del gringo hablador como algún día se había burlado de la recomendación 44/98 de la Comisión Nacional de Derechos Humanos sobre la falta de colaboración de las autoridades de la PGJ en Chihuahua para resolver los crímenes. ¡Maldita la hora en que se rió de las mujeres que paseaban de arriba abajo por las plazas del Estado con pancartas y mantas de protesta, exigiendo justicia! ¿Quién le haría justicia a él ahora que su niña había desaparecido, quizá para siempre?

## REPORTE DEL FORENSE

*Se encontró en un lote baldío, adyacente a un eje vial el cuerpo de una mujer de 22 años aproximadamente, oculto en el interior de un tubo de drenaje. Presenta contusiones en cara y cuello. Masa encefálica expuesta en la región temporal. Arrancamiento de la mitad de la lengua, por mordedura humana, heridas por arma punzocortante en tórax, abdomen y piernas. La autopsia reveló perforación uterina ocasionada por un instrumento puntiagudo.*

Un sol tímido alumbró las primeras horas del día en la colonia Francisco Villa. En una de las casas, una mujer abandona la cama para preparar el almuerzo de la hija que se va a la escuela.

—¡Apúrate, Ruth, o llegarás tarde!

La niña desayuna, agarra su mochila, se despide de su madre. Ambas quedaron solas, con algún dinero que les dieron en la Procuraduría y dos muertos en el cementerio. Tantas veces que Susana deseó en secreto que Ana desapareciera para gozar ella sola del amor de Marcial y éste se había empeñado en seguir a su hija hasta la muerte. Lo encontraron, con la panza embutida en la patrulla con un balazo en el paladar y las ventanillas y el tablero del automóvil chorreando de sangre. Nadie se dio cuenta cuando se subió a la patrulla y mucho menos oyeron la detonación, porque el silenciador estaba puesto.

Ahora Doña Susana, recorre casas a medio construir, basureros y lotes baldíos, rumbo al mercado. La vida sigue y Ruth la necesita. Confía en poder salir de esta ciudad maldita antes de que su hija menor engrose las cifras de impunidad de Juárez.

# CAPÍTULO X
## CAMINABA SOLA PORQUE ERA VALIENTE...

iario recorría la misma distancia de la casa de su madre a la maquiladora. Atraviesa la calle Pavo real donde yacen olvidados nueve vagones de ferrocarril, muy dañados ya, inservibles para todo menos para favorecer la impunidad de un crimen como los de todos los días en esta ciudad.

Caminaba sola porque era valiente y por ahí cortaba camino. Los camiones de la ruta daban muchos rodeos y le molestaba llegar tarde. Su madre le advertía que no era bueno que pasara por ahí, porque no había ni un alma: "Levántate más temprano y toma transporte, caramba. ¿Crees que hacen falta más desgracias en esta casa?"

A Josefina le revolvía el estómago que su madre se expresara en esa forma. Llamaba "desgracia" a la maternidad de su hija siendo soltera. Todavía tenía esas ideas arcaicas acerca de la virginidad, la pureza y esas cosas. No perdonaba a Josefina por haber sido abandonada con un hijo que además nació con

Síndrome de *Down* y Josefina se lo perdonaba menos a sí misma. ¿Por qué había sido tan incauta? ¿Por qué se había enamorado así? ¿Por qué se enamoraba tan fácilmente?

Las compañeras de la maquiladora no la veían con buenos ojos. Le decían "la carreta", porque jalaba con cualquier buey. En los tres años que llevaba trabajando ahí le habían conocido cuatro hombres por lo menos. Las obreras se ponían nerviosas; ya era bastante difícil la situación en la ciudad para buscarle tres pies al gato.

Un día, Cecilia se lo dijo sin tapujos cuando estaban en el baño, frente al espejo roto y mal colocado sobre los lavabos percudidos. La jaloneó y de buena gana le hubiera dado una bofetada, pero no quería escándalos en el trabajo.

—¡Con una chingada, si estás tan caliente báñate con agua fría, pero no nos expongas! Te traes cada tipo, que los clientes de la cárcel tienen mejor cara que tus galanes. Si quieres que te frieguen, es tu cuero, ¡pero no nos metas a nosotras!

Josefina se burló de Cecilia.

—¿Te asusta o tienes envidia que me sigan los hombres y a ti te ignoren? Si es así, te aguantas, chiquita. ¿Quién te manda no ser guapa?

—Sí, ya sé que tu te sientes Miss Universo y que te siguen los hombres, pero cuando consiguen lo que quieren te dejan botada, como el padre de tu tarado hijo.

Josefina perdió los estribos y se le fue encima a Cecilia. Volaron por el aire los cabellos teñidos de amarillo de la primera y los castaños naturales de la segunda. Se mordieron y arañaron hasta que una tercera empleada entró al baño y las separó con mucho trabajo.

Después de la jornada de trabajo Josefina volvió a su casa, por el mismo camino de vagones abandonados y carcomidos por el sol. Se fue derecho a la cama.

—Tengo sueño —le dijo escuetamente a su madre, que la esperaba con mil quejas de Andresito; que si gritaba mucho, que si sorbía la sopa, que si no entendía...— ¿entender, qué, madre? ¿No te das cuenta de que está enfermo?

—Sí ya sé. Está malito de la cabeza. Hasta él tuvo que pagar tus tarugadas, m'hija, pero ni modo.

—¡Déjame en paz! —gritó Josefina, tumbándose en la cama y cubriéndose la cara con la almohada.

—¡Eres una malagradecida! —insistía la señora—. Encima de mi artritis que no me deja moverme y de la presión que me da unos dolores de cabeza horribles, tengo que cuidar a tu chamaco.

—¡Es tu nieto! —contestó la muchacha, con la voz apagada por la almohada.

—Y tu hijo —completó la señora—. Si de veras te importara tanto, lo llevarías a uno de esos centros que hacen con los teletones.

—¡Ay mamá, no seas ignorante! ¡Aquí no hay nada de eso! ¡Ésta es una Ciudad inmunda y cochina y seré feliz cuando pueda largarme!

La voz se le quebró en llanto. Estaba harta de su pobreza, cansada de trabajar como una mula, harta de perseguir el amor y no alcanzarlo nunca. Frustrada porque todos los hombres que le habían gustado se aprovechaban y ni adiós decían.

—A ver, a ver, a ver, "m'hija" —murmuró su madre, suavizando el tono e inclinando su pesado cuerpo sobre la joven—. Te pasó algo en el trabajo, ¿verdad? Déjame ver tu carita.

—No, ¡vete!

Forcejearon con la almohada, hasta que ésta cayó al piso y dejó al descubierto las marcas rojas que las uñas de Cecilia dejaron en el bronceado rostro de Josefina, quien para entonces ya estaba chillando a gritos. Se quejó de su vida, de su suerte, del pequeñito de tres años, ojos almendrados y cabecita redonda que le expresaba su amor con sonrisas y grititos que la desesperaban; de la necesidad que sentía de tener una pareja que la amara sin reprocharle lo de Andresito...

—¡Ay, mi nena! Eso lo hubieras pensado antes de meter la pata. Ya sabes cómo son los hombres, se divierten con las ligeras, pero sólo se casan con las que son señoritas. ¿Quién te va a querer así como eres? Y con un hijito malo de su cabecita, "pus" menos.

El tono compasivo de su madre la desesperaba y Josefina repitió una y otra vez:

—Déjame en paz, ¡déjame en paz!

La madre arrastró los pies hasta la habitación de a lado para consolar al niño, que lloraba con su característico gemido de gatito hambriento.

Continuaba desafiando a la suerte, siempre por las solitarias vías del tren, hasta que la oscuridad se la tragó. Ese día no volvió a su casa, pero su madre no se inquietó gran cosa. Pensó que al fin había cumplido la amenaza de irse a vivir con Rodrigo, su hombre en turno y empleado de una de tantas zapaterías juarenses. Llevaba tres semanas repitiendo lo mismo: "Rodrigo quiere que nos juntemos, pero sin el niño y yo estoy de acuerdo. Creo que estará mejor contigo que con nosotros."

"¡*Pobre angelito*!", pensaba Doña Genoveva, tratando de meter la cuchara llena de sopa en la boquita de Andrés. "*Ni tu mamá te quiso. Prefirió irse con un hombre que cuidarte...*"

Quería profundamente a Josefina, pero estaba enojada con ella. No intentó buscarla en la maquiladora para averiguar dónde vivía o tratar de conocer al susodicho que se la había llevado. No fue sino hasta tres semanas después que se enteró que Josefina ya no trabajaba en la maquiladora. Un domingo encontró a Cecilia en el mercado, que ya estaba medio arrepentida de haber arañado a su compañera.

—A lo mejor se salió con la suya —dijo Doña Genoveva, cruzando los brazos sobre sus senos caídos—. La andaba rondando un señor que trabajaba en una zapatería, que según le iba a poner casa, pero sin el niño.

Cecilia sintió el cuerpo helado.

—¿Quién? ¿Rodrigo? Ese la botó cuando se dio cuenta de que lo quería pescar. Al principio se veía medio interesado en ella, pero después le empezó a echar el ojo a otra de las chavas de la maquila. Peleamos en el baño del taller porque no me gustaba la manera en que ese tipo nos miraba... parecía delincuente.

Doña Genoveva soltó la bolsa del mandado y sujetó con sus manos regordetas los hombros de Cecilia.

—¡No me digas eso! ¿Entonces, dónde está?

—No lo sé —contestó la obrerita, con la voz rota por la angustia—. No lo sé.

Ambas se abrazaron llorando.

Doña Genoveva fue a la zapatería, siguiendo las señas de Cecilia. Pidió que le mostrara un par de zapatos, sólo como excusa para hablar con él, y cuando Rodrigo se inclinaba sobre el pie gordo de la señora para calzarla, ésta le dio un coscorrón que lo dejó viendo mil estrellas.

—¡Eh! ¿Qué le pasa, Doña? —preguntó sobándose la cabeza.

—Pasa que he perdido a mi hija y quiero saber qué tienes que ver en eso —replicó Doña Genoveva en voz baja pero indignada. —¿Dónde está Josefina?

Rodrigo hizo un gesto de comprensión. ¡Ah! Era eso. Con toda seguridad la putita se había ido a quejar con su madre..."

—No sé dónde está ni me importa —contestó, groseramente—. Hace mucho que terminamos nuestra relación, pero ella no lo entendió y venía a rogarme a la zapatería que no la dejara. Los clientes volteaban y el supervisor me regañaba por traer broncas a mi trabajo. Yo no quiero tener más líos por esa vieja. Por favor, señora, váyase.

Pero Doña Genoveva no se fue. Armó tal escándalo que acudieron el supervisor, la policía, y habrían llegado los mismos agentes del FBI desde el otro lado de la frontera si la "tira" no hubiera llegado a callarla.

—Creí que se había ido con éste —dijo Doña Genoveva señalando a Rodrigo pero sin dirigirle ni una mirada—. Lo vieron en la maquila con mi niña y ahora lo niega.

—No niego nada, señora. Lo que usted dice pasó hace más de un mes, no sea necia.

—¡No me faltes al respeto, animal..!

—¡Compórtense! —ordenó el agente del MP Estatal—. A ver, señora, pase con el señor del escritorio de junto para que le tome su declaración.

La señora encontró algo de comprensión en el joven que tecleaba en su máquina de escribir, moviendo de cuando en cuando, como queriendo afirmar lo que la declarante decía:

—...como le digo, creí que se había ido a vivir con el tal Rodrigo. Ella tiene un niñito con problemas en la cabeza y... como que no lo quería mucho... o quién sabe. El caso es que no se ocupaba de él... Josefina me amenazó con dejarnos e irse a vivir con ese hombre... ¡tenía tantos deseos de que alguien la quisiera!

Doña Genoveva recordó su propia juventud. A ella le había pasado lo mismo que a su hija. Buscando el amor de un hombre quedó embarazada de Josefina. Gustavo despachaba tragos en una cantina y era casado, pero Genoveva no lo sabía y se dejó llenar de miel los oídos. Cuando descubrió el engaño, sus padres también estaban al tanto de todo y la mandaron a vivir con una tía para ocultar la vergüenza de la familia.

Genoveva se quedó a vivir con ella, aprendió corte y confección y con los vestidos que vendía sacó adelante a su Jose. La diferencia entre ella y su hija era que Genoveva aceptó su suerte, no intentó buscarse una nueva pareja y amaba con todo su corazón a esa chiquilla voluntariosa y rebelde que años después se hiciera una linda mujer de 23 años.

—¿Qué más? —preguntó el Secretario que desde hacía un buen rato había dejado de teclear en la máquina y esperaba que saliera sola de su distracción.

—Ah, perdón. ¿En qué me quedé? ¡Ah, sí! Una de sus compañeras me dijo que andaba con el fulano de la zapatería, y estaba extrañada porque tenía días sin ir a trabajar. Cecilia, la compañerita de mi hija, creyó que Josefina estaba conmigo y yo que estaba con aquel tipo, ¿me entiende?

El Secretario asintió de nuevo, mientras sus dedos golpeaban las teclas.

—¡No me falte al respeto, señora! ¿Por qué pregunta si la entiende? ¿Cree que estoy menso o qué?

—Ay, disculpe, es una manera de hablar, mi Lic. Doña Genoveva siguió adelante con su monólogo:

—Creo que ahora no me queda otra que buscarla en la Cruz... o en la morgue...

Soltaron a Rodrigo por falta de pruebas y Doña Genoveva inició un peregrinaje por toda Ciudad Juárez. Cecilia iba con ella cada vez que podía, tal vez queriendo limpiar su conciencia por aquellos rasguños y por sus palabras agresivas. A la joven le asustaba la aparente calma de la señora. No lloraba ni una lágrima, como si tuviera la esperanza de que se hubiera ido a vivir con alguien.

A medida que los días pasaban y las autoridades no encontraban nada, el semblante de Doña Genoveva se descomponía gradualmente. Quiso ir al campo donde están los vagones de ferrocarril, a ver si encontraba su cuerpo para darle al menos Cristiana sepultura. Cecilia estaba con ella y no hacía otra cosa que tirarle de la manga del suéter. Iban a dar las siete de la noche y la noche empezaba a tender su oscuro manto sobre la Ciudad.

—Aquí no vamos a encontrar nada, Doña. Vámonos antes que nos conviertan en difuntas.

—Vete a tu casa si quieres. Yo no me muevo de aquí hasta que no peine la zona, como dicen los polis.

Pero Cecilia no se movió. Le había tomado aprecio a Doña Genoveva, tan aguerrida y valiente a pesar de sus enfermedades y desgracias. Ya sabían en su casa que ayudaba a localizar a Josefina y estaban de acuerdo. Después de todo, Cecilia también tenía una hermana.

El olor las atrajo. Había un cuerpo dentro de un vagón, y Cecilia fue la primera que la vio. Le faltaba la mitad izquierda de la cara, que estaba convertida en una masa de carne y su cabello lleno de lodo, como si la hubieran arrastrado por el suelo, pero aún así la reconoció. La mano derecha estaba casi intacta y llevaba la churumbela de plata con piedritas baratas de color verde que tanto le agradaba a Josefina. La ropa, aunque mugrosa y desgarrada, era la que la muchacha vestía un día sí y un día no, pues sólo tenía dos mudas de ropa.

Se quedó muda. Doña Genoveva se adelantó y ella sí pudo gritar con todos sus pulmones, y tan fuerte que ahora sí la oyeron en Texas.

Detuvieron a Doña Genoveva y a Cecilia, como presuntas responsables de la muerte de Josefina. "¿Cómo chingados voy a matar a mi propia hija?" Pero los vecinos declararon que muchas veces las habían oído discutir y eso era un agravante para la señora. Cecilia tampoco quedaba muy bien parada en aquel asunto, con eso del desgreñe que se dieron en el baño de la maquiladora.

Las soltaron cuando el **INFORME DEL FORENSE** declaraba de manera contundente:

*Mujer de 23 años, encontrada por su madre y una compañera de trabajo en un vagón de ferrocarril entre las calles de... con la piel del lado izquierdo de la cara totalmente desprendida... muestra huellas de violencia sexual, de violencia psicótica: Haty*

De todas maneras no pudieron escaparse del interrogatorio, sobre todo Cecilia. La Policía Judicial del Estado quería saber si ella y Josefina eran lesbianas. El encuentro en el baño de la maquiladora, ¿Había sido por celos? ¿Durmieron juntas alguna vez? ¿Por qué Cecilia estaba tan interesada en resolver el caso si, según otras obreras de la fábrica, no se llevaban bien?

—Ninguna de las dos somos lesbianas —decía Cecilia, con la cara roja por la humillación—. Josefina se alborotaba muy fácil con los hombres y los espantaba. Ese día nos peleamos porque tenía un pretendiente que nos miraba feo a todas y tenía miedo de que nos expusiera a una violación, o algo peor.

—¿Y usted tiene novio?

—Tuve...pero terminamos hace tres meses. Puedo decirle cómo se llama y dónde vive. ¿Por qué no hablan con él?

Esa Navidad fue de lo más desangelada; si acaso las risas de Andresito alegraban un poco la casa solitaria de Doña Genoveva. Cecilia insistió en que pusiera el nacimiento y lo adornara con heno, lucecitas, pastores. Con un trozo de espejo simuló un lago que llenó de patitos de yeso. Doña Genoveva lo contemplaba todo con ojos vidriosos, indiferente, extrañando a su Josefina.

Nunca supieron quién la había matado. Tal vez había sido Rodrigo, tal vez no. Como quiera que fuese, el asesino andaba suelto. Quién sabe si planeaba otro homicidio más, o si ya lo había cometido. ¿Qué más les daba a las autoridades, si sólo se trataba de muchachas de maquila?

Rodrigo siguió trabajando en la zapatería y persiguiendo a las muchachas maquileras... Y Doña Genoveva vivió cuidando a su nieto hasta que a los 5 años, Andresito murió de una pulmonía fulminante.

La Doña seguía cosiendo para sostenerse, y a todas sus clientas les decía lo mismo:

—Yo sé que mi Josefina se llevó al niño al cielo. Diosito le ha de haber dado oportunidad, porque aquí no lo cuidó...

# CAPÍTULO XI
## ¡VOMITA Y CORRE!

"Si te atacan sexualmente provócate el vómito, lo más probable es que el agresor sienta asco y huya".

Campaña de prevención lanzada por la Dirección General de Policía del Municipio de Juárez, 1998.

—Oye eso— dijo Ignacio a la mujer que descansaba la cabeza sobre su hombro, con los ojos cerrados, exhausta pero feliz por haber tenido un orgasmo tan largo. Adela abrió los ojos, echó una rápida mirada a la pantalla de la televisión y se acurrucó de nuevo entre los brazos de su marido.

—No empieces otra vez con eso —pidió—. En el Seguro me están tratando de eso... ¿Cómo se llama?

—Bulimia —contestó Ignacio, muy atento al mensaje del Gobierno.— Todo por tu empeño de estar más flaca que un palo de escoba. ¿A poco no sabes que a los hombres nos gusta agarrar carnita? —subrayó la pregunta propinando un pellizco a la cadera derecha de Adela.

—Pero a las mujeres no nos gusta parecer marranos —explicó Adela, volviendo a cerrar los ojos.

—Pero les gusta comer sabroso, y eso es lo que hacías antes de irte a "güacarear" al baño.

—Ya te dije que no te acuerdes de eso, ¿qué caso tiene?

—No me hubiera acordado de no ser por los anuncios estos... ¿Qué te parecen?

—De lo más idiotas —respondió Adela, con firmeza—. El dinero que gastan en esas campañas deberían usarlo para buscar a los asesinos.

—Y eso que no sabes cómo hablan los polis —dijo Ignacio, apagando la tele con el control remoto—. La otra vez se detuvieron dos agentes en el estanquillo para comprar cigarros. Yo los oí hablar del asunto éste de las mujeres muertas. Ni les interesa. Más bien se burlan de ellas y de sus familias. Dicen que se merecen lo que les pasa por güilas...

—No lo digas —protestó Adela, poniendo una mano sobre la boca de su marido—. ¿Qué, esos infelices no tienen hijas ni hermanas?

—Pues yo creo que no. Tampoco tienen madre.

Ambos rieron a carcajadas. Luego, Ignacio olvidó los anuncios, la bulimia de su mujer, los comentarios de los judiciales y se dispuso a gozar de nuevo del amor de Adela.

Ignacio leía el periódico. Le llamó la atención la foto de una mujer, con la mirada baja, que indudablemente había querido evadir el lente indiscreto de la cámara. Abajo estaba la declaración de la mujer, no mayor de 25 años. Había sufrido una violación tumultuaria por policías del estado. Era una mujer casada y con hijos. Ignacio pensó en Adela y sintió que le pateaban el estómago.

—Joven, unas *Sabritas,* por favor.

Soltó el periódico. Las páginas se desparramaron por el suelo de la tiendita. Desmañadamente jaló una bolsa del exhibidor de metal y la entregó al cliente. Le pagaron, devolvió el cambio y se inclinó a recoger el mosaico de imágenes de accidentes, ejecutados y mujeres asesinadas. Todo a colores, hasta como con las manchas de sangre frescas.

Buscó la nota perdida y volvió a recordar a su flaca. Ignacio se enojó por la forma en que los reporteros manejaron la noticia de la mujer violada. Le parecía que insinuaban que la víctima dio lugar al ataque, con su minifalda roja y sus aretitos de plata con figuritas de espermatozoides. A lo mejor hasta era una mujer de la mala vida. ¿Acaso no salía de un bar a las dos de la madrugada, del brazo de un hombre?

Nadie hizo énfasis en que el hombre era su marido y habían ido a celebrar su aniversario de bodas. La víctima le había sido arrebatada a su esposo, a quien golpearon hasta dejarlo inconsciente, y ni qué decir de lo que le hicieron a la mujer.

Ignacio le dio la vuelta a la página. Un anuncio ocupaba casi media plana y rezaba así:

Si sales de noche, procura hacerlo acompañada de una o más personas, si sales sola:

—Evita calles oscuras o desoladas

—No hables con extraños

—No vistas provocativamente

—Lleva un silbato

—No aceptes bebidas de extraños

Si sufrieras un ataque, grita "¡Fuego!" así más gente hará caso a tu llamado.

—Lleva las llaves de tu auto o casa listas

—Si te atacan sexualmente, provócate el vómito, lo más posible es que el agresor sienta asco y huya.

—¿Me da una coca?

Esta vez el periódico acabó arrugado y dentro la caja de cartón que hacía las veces de bote de la basura. El resto del día, Ignacio despachó quince cocas más, papas, pastelitos, cigarros, chocolates y chicles. En ningún momento dejó de pensar en la chica de la minifalda roja ni en su adorada flaca bulímica.

A falta de hijas a quienes sobreproteger, a Ignacio le vino bien obsesionarse con la seguridad de Adela. No la dejaba dar un paso fuera de la casa sin preguntarle a dónde iba y cuánto se tardaría: "me llamas al estanquillo cuando llegues, cuando salgas, cuando... cuando... cuando..."

—¡Ya deja de amargarnos la vida con los periódicos y las noticias de la televisión! —se quejó Adela una noche—. Nadie se muere la víspera. A lo mejor a mí ni me pasa nada, y si me va a pasar ni encerrándome vas a poder evitarlo; a la muerte nadie se le esconde. Además... ¡Órale, ya arregla el semblante, que voy a darte una noticia muy buena!

Ignacio enlazó la cintura de su mujer, medio disgustado por sus reclamos, medio convencido de que ella tenía razón. Se preparó para recibir la noticia que ya presentía. En efecto, no se equivocó, Adela estaba embarazada. La atrajo hacia su pecho y metió la cara entre los cabellos perfumados de su esposa. No quería que lo viera llorar. "Dios mío, que no sea niña."

La tuvo quieta los nueve meses, tal como lo deseaba. Fue un embarazo muy delicado, con muchos vómitos y amenaza de aborto. Los tres primeros meses estuvo en reposo absoluto en cama. La mamá de Adela se fue a vivir con ellos para cuidarla, mientras Ignacio despachaba en su tiendita, respirando tranquilo por primera vez en mucho tiempo. No dejaba de preocuparle el futuro, pero al menos la vida le daba una tregua y la disfrutaría a conciencia.

Transcurría el último mes de la gestación y Adela ya podía salir de su casa, en la colonia Felipe Ángeles, aunque siempre la acompañaba su madre, por aquello de que se le adelantara el parto.

A mediodía, después de lavar los trastes del desayuno y limpiar la casa, se fueron al centro de Juárez a pagar el recibo del teléfono. Después de la obligada llamada a Ignacio, avisando a dónde irían, salieron despacito. Adela ya caminaba como pato, con las piernas un poquito separadas y su prominente abdomen balanceándose de derecha a izquierda.

Después de hacer el pago se fueron de compras. Le hacían falta zapatos, así que llegaron a la *Tres Hermanos*, en la Vicente Guerrero, cerca de Catedral. Como Adela no podía doblar la cintura para probarse el calzado, entre su madre y el dependiente ayudaron a la embarazada en su cometido. Estaban muy bonitos, negros, de tacones muy bajitos y acolchonados para amortiguar la dureza del pavimento.

Cuando el empleado elaboraba la nota de compra, Adela sintió náuseas. "¡Qué raro, m'hija, estas cosas ya no se sienten al final del embarazo!, pero ni modo, el tuyo ha sido diferente desde el principio. Sal a respirar el fresco, mientras pago. Nos vemos afuera.

Adela salió con vaivenes de vientre a punto de reventar y caminó unos metros, buscando un bote de basura donde pudiera lanzar el desayuno de la mañana. Nunca le agradó vomitar sobre el piso, no le gustaba dar molestias y era muy limpia.

Estaba distraída cuando se le acercó aquel joven, bien vestido y de buena pinta a solicitar su ayuda. "Seño, mi novia se desmayó en mi coche. Está en el asiento del copiloto. ¿Podría acompañarla en lo que yo consigo una ambulancia?" Adela titubeó un momento. El malestar era molesto, pero ahí, muy cerca de ella, había una mujer en peores condiciones y no desperdiciaría la oportunidad de auxiliarla.

El muchacho le ofreció el brazo y Adela se apoyó en él, agradecida, mientras se encaminaban al automóvil. Efectivamente, una chica como de 21 años yacía en el asiento delantero, sobre un costado y con los ojos cerrados. El hombre abrió la portezuela de atrás y la invitó a sentarse, mientras iba a la caseta telefónica. "Mejor me quedo afuera, no le vaya a ensuciar el coche, vaya usted con calma, que yo aquí la cuido..."

—¡Le pedí que me esperara afuera!, se mareó, quería devolver el estómago. Yo estaba pagando sus zapatos...no creí que hubiera gran problema por dejarla sola un momento. ¡Dios mío! ¡Eran las dos de la tarde!, qué va uno a pensar que la gente pueda desaparecer entre el gentío y a plena luz del día. ¡Carajo, hagan ustedes su trabajo! ¡Bola de ineptos!, pero qué bien cobran, ¿no?

Ignacio no podía ni hablar. Como entre brumas oía despotricar a su suegra, pero él no podía ni moverse de la silla dura donde se había desplomado, con la espalda inclinada hacia delante, como signo de interrogación. La Procuraduría bullía de gente llorosa que suplicaba justicia. Los funcionarios los trataban con desdén. Esto enfureció más a la madre de Adela:

—¡Hijos de puta! Abusan porque llegan humildes, a pedir ayuda, como si ustedes les hicieran un favor... ¡Sí, cómo no! Favor les hacemos nosotros, el pueblo, que los mantenemos con nuestro dinero mientras ustedes no hacen otra cosa que güevonear, tragar y emborracharse...

—Señora, si no se comporta, me veré en la penosa necesidad de arrestarla.

—¿Por qué no arrestan mejor al hijo de la chingada que se llevó a mi Adelita? ¡Ahora resulta que somos los ciudadanos honrados los que debemos estar en la cárcel...!

La decisión de Doña Esperanza se le contagió a otros demandantes, que corearon con ella "¡Jus-ti-cia, jus-ti-cia!", con los puños en alto. Las secretarias que estaban en las oficinas de atrás, tuvieron que comerse rápido sus tortas para volver a sus puestos lo antes posibles y teclear en sus máquinas de escribir las declaraciones de los alebrestados.

Pasaron cinco días sin noticias de Adela. Al cuarto, mandaron llamar al esposo y a la madre, quienes se prepararon para recibir un cadáver, quizá destripado o desfigurado, pero no. Para su asombro, les dijeron que la muchacha estaba en una clínica del Seguro, y ellos se pusieron tan contentos porque Adela vivía, que no se les ocurrió preguntar que había pasado. Sólo cuando llegaron al hospital, se identificaron ante el guardia de la entrada y la recepcionista los mandó al servicio de urgencias, Ignacio quiso saber cómo estaban ella y el bebé.

Las enfermeras de urgencias, embutidas en sus uniformes blancos y con caras de salario mínimo, les ordenaron escuetamente esperar al médico de guardia para que les explicara el estado de la paciente. Ignacio y Doña Esperanza se quedaron ahí, frente a una especie de mostrador detrás del cual las mujeres coronadas con sus cofias con rayas verdes atravesadas escribían en los expedientes, cargaban jeringas con el contenido de ampolletas y contestaban teléfonos.

El médico llegó poco después, un poco más cordial que las enfermeras, pero corto en sus explicaciones. Doña Esperanza volvió a perder los estribos, como acostumbraba y hasta entonces se enteraron de lo sucedido. Adela completó días después el relato, llegaron los agentes del MP a tomarle su declaración y empezó una nueva pesadilla.

—Yo no quería subir al coche...no quería vomitarles los asientos, pero entonces, el hombre abrió la portezuela trasera y me aventó para adentro...la chica dizque desmayada saltó hacia el asiento de atrás y me amenazó con una pistola para que me mantuviera quieta y no gritara. Me vendó los ojos y luego sentí que el coche arrancó... creo que le vomité encima a la chava, porque me dijo muchas groserías y me cacheteó. Después de unos veinte minutos, paramos y la mujer me bajó, agarrándome del brazo para que no me cayera... entramos no sé a dónde... el susto me hizo vomitar de nuevo... empapé mi vestido y el piso... olía horrible... luego, alguien me sujetó por detrás, me obligó a respirar en un trapo mojado que tenía un olor picoso y me desmayé... o me dormí... no sé... desperté aquí, medio mareada... con la panza muy adolorida... cuando la tenté me dolió más... me pusieron una venda... y ya no estaba mi bebé dentro de mí. Creí que había nacido y lo tenían en los cuneros... creí... creí que me querían violar y ya... pero no... les pregunté a los doctores y me dijeron que los secuestradores me hicieron una cesárea... ¡se robaron a mi niño!

Declaró el señor del carrito de la basura, que mientras barría una calle oyó un quejido en un terreno baldío. Se acercó y vio a una mujer boca arriba con un vestido de maternidad, manchado de vómito y sangre secos, despeinada y sin zapatos. El empleado de limpia hizo un escándalo mayúsculo para atraer más gente y hasta policías. Alguien llamó a una ambulancia. Los agentes se comunicaban por sus radios, pegándoselos a la boca: "aquí... en la esquina de... tenemos un... ¡cambio!"

La muchacha perdió el sentido por completo, justo cuando los camilleros se hacían cargo de ella, el empleado fue a declarar al MP mientras la ambulancia rodaba veloz por las calles de Ciudad Juárez, con el quejido de la sirena lastimando los oídos. Entró derechito a quirófano, donde le quitaron la ropa y se encontraron ante un vientre colorado y apestoso por la infección, mal cortado y peor suturado. El bisturí reabrió la herida y se encontró con una matriz perforada e inservible, que no tuvieron otro remedio que desechar. La cirugía duró muchas horas, las venas de Adela sorbían litros y litros de sangre transfundida. Su vida pendía de un hilo, pero los médicos lograron arrebatársela a la muerte. Del bebé nunca se supo nada.

Adela está deprimida. Apenas come, apenas se mueve, apenas tiene ganas de nada. Su marido sigue despachando en su tiendita, muy triste también; sus ganancias son tan sólo para él y su mujer. Nunca habrá niños que correteen por la casa, vayan a la escuela y se casen. Nunca habrá nietos, porque su único hijo no aparece. Las autoridades suponen que se lo robaron para darlo en adopción a una pareja gringa, pero no tienen nada en concreto, no hay nadie con la descripción que diera Adela, esa mujer indefensa a quien no le sirvió de nada vomitar en el momento de ser atacada.

Esto, también sucede en Ciudad Juárez, Coto de Caza de todos los depredadores de la mujer...

# CAPÍTULOXII
## SI TE GUSTA, TE LA DUERMO

va se moría por conocer un antro. Despachaba en la taquería de su padre de once de la mañana a once de la noche y lo menos que le pedía a la vida era una noche de copas y baile en un antro, como cualquier chica de dieciséis años, pero sus padres no querían saber nada del asunto. "las señoritas decentes no andan en esos lugares tan peligrosos".

—¡Pero si no voy a ir sola! Pepe me llevará. Juntamos nuestras propinas y me compré un vestido bien *nais,* ándale, di que sí.

—¡No! —repetía su padre—. Los antros son para las mujeres de mala vida, no para señoritas de familia decente. Además, todavía no conozco bien al tal Pepe como para soltarle a mi única hija.

—No me hará nada malo —replicó Eva, dando patadas en el suelo como niña caprichosa—. Bastante miedo te tiene a ti y a mis hermanos... ¡pobrecito! Lo tratas peor que a tus calzones y tan buen empleado que es... ¿Quieres que se te vaya?

—Lo que quiero es que me demuestre que va

derecho contigo y que te quedes en tu casa como la niña bonita que eres.

—¡Mamá! —chilló Eva, buscando apoyo en la mujer que terminaba de barrer el cuartito en que vivía el matrimonio con sus cuatro hijos.

—Hazle caso a tu padre —fue la respuesta.

Eva fue a su cama, sacó de la bolsa el vestido nuevo y se lo puso, entre los gritos de sus padres y el llanto de su hermanito de dos años, que suspendió el juego con su camioncito de plástico para unirse al caos familiar. Éste acabó con un portazo y una adolescente en minivestido, con su bolsa de plástico colgando del hombro, saliendo a encontrarse con el mundo.

Quedó en verse con Pepe a las doce de la noche en el monumento a Juárez; de ahí tomaron un camión y luego siguieron a pie hasta un antro que estaba a la orilla de la carretera que va al Paso. La pequeña puerta del lugar estaba custodiada por un guarura al que Pepe le untó la mano para que se hiciera de la vista gorda con la edad de Eva, que entró muy salerosa con su cabello negro flotando tras de sí, seguida por el orgulloso empleado que había ligado ni más ni menos que con la hija del patrón.

La chica bailó al ritmo del *tucutún, tucutún* de las percusiones sin melodía, desbordando juventud y energía. Pepe la secundaba feliz, medio entrado en copas. Un tipo, trajeado y de anchas espaldas, los observaba desde la barra, fumándose un *Marlboro*. El cantinero le preguntó con servilismo:

—¿Le gusta, patrón? Por quinientos pesos se la duermo.

—Viene acompañada —gruñó el tipo, envuelto en el humo del cigarro, coloreado por las luces del lugar.

—El fulano ese no es problema —repuso el cantinero—. Tiene que ir a mear en algún momento y cuando regrese ya no estará la damita. Es más, si quiere abreviamos y nos lo dormimos también a él.

—Sale pues.

Como si Pepe hubiera querido colaborar en el complot, se acercó a la barra a pedir otro trago. El cantinero maniobró con habilidad y al ratito estaba tumbado sobre una mesa, roncando como un angelito. Lo sacaron discretamente por una puerta trasera, mientras Eva seguía brincoteando alegremente, pero ya medio cansada. Buscó a Pepe y al no encontrarlo pensó que estaría en el baño. Se dirigió a la barra y pidió unas *medias de seda.*

Volvió a registrar con la mirada todo el antro, mientras sorbía lentamente la bebida. Los bailarines parecían los personajes de un sueño, moviéndose muy juntos, a su propio ritmo y con las luces rojas, moradas y verdes reflejadas en sus caras y su ropa. ¿A dónde se había metido ese mentecato?

No había terminado de vaciar el vaso, cuando empezó a sentir sueño. El grandote que estaba sentado a su lado le dijo:

—Creo que te plantaron, mi reina. ¿Quieres bailar conmigo?

—No, gracias —contestó en tono digno—. Me voy a mi casa.

Quiso salir, pero no podía caminar el antro giraba

en torno suyo y no había ningún sitio en que pudiera asentar con firmeza los pies. Trató de no caerse. "¡Maldito Pepe! ¿Dónde chingados está?"

Ha pasado una semana. En el cuarto en que viven el taquero, su esposa y sus ahora tres hijos, ya no resuenan los gritos de Eva. Sus padres ya no batallan con sus berrinches, pero hora ya no salen de las oficinas de la Procuraduría.

—Se fue a un antro con un amigo... y ya no regresó.

—¿A qué antro?

—No sé, no sé nada... se fue a fuerza... nosotros no queríamos... pero las chamacas hacen lo que quieren cuando ya se sienten muy grandes...

—Ahí está la cosa, señora. Ustedes, como sus padres que son, debieron cuidarla. Las educan mal y luego quieren que uno las saque de las broncas en que se meten.

El funcionario huele a grasa de taco de cerdo, tiene los dientes amarillos y descarapelados y los ojos muy rojos. Está de mal humor porque todavía no se cura la cruda de la borrachera de anoche y le duele la cabeza, y no puede ni echarse un sueñito en su escritorio, porque estos impertinentes perdieron a una hija desobediente.

—¡Ni modo que amarre a mi hija! —protesta el padre, tratando de conservar la calma. No quiere pelearse. Ya conoce a esta gente y sabe que le echarán más ganas a las investigaciones si no se enoja.

—Eso sí —admitió el funcionario—. Bueno, la buscaremos. Déjeme su foto y describa cómo vestía cuando desapareció.

Los padres cooperan. El representante de la autoridad toma nota. Se entera de que ya la han buscado en la Cruz Roja, en los hospitales y hasta en la morgue.

—Todas las noches nos desvelamos, con las orejas en el aire a ver si oímos sus pasos. El teléfono de la taquería tampoco suena más que para que nos den información falsa, insulten o respiren en la bocina. A lo mejor se la llevó el tal Pepe, porque desde que la niña se perdió no lo hemos vuelto a ver.

Volvían a la policía todos los días: "No hay nada, ninguna novedad. Tal vez se fue con el novio. Sigan esperando".

Pero Eva no era así. Por más berrinchuda y voluntariosa que fuera, nunca había pasado una noche fuera de su casa, y así se lo hicieron saber a los agentes.

Días después de la denuncia llegaron a la taquería dos agentes. Don Pablo soltó el suadero y las tortillas y fue hasta ellos.

—Creo que ya les tenemos algo —dijeron escuetamente.

Don Pablo dejó encargado el negocio y subió a la patrulla donde ya lo esperaba su mujer. Camino de la morgue, los dos iban llorando como niños, enlazados por las manos, como queriendo comunicarse mutuamente fuerzas. Los metieron a un cuarto de azulejos con el piso manchado de sangre. Sobre la mesa de autopsias había un cuerpo cubierto con una sábana de la cabeza a los tobillos. Los pies quedaban al aire y con tan sólo mirarlos, los padres respiraron más tranquilos. Eran demasiado grandes. No podían ser los de su hija; de todas maneras, el procedimiento se cumplió al pie de la letra y el rostro de la muerta descubierto ante el taquero y su mujer. Ésta lanzó un grito de espanto. No, no era su hija, pero era casi una niña. No tendría más de catorce años y ya estaba difunta, con la cara desfigurada a navajazos y el cabello pegosteado de sangre seca. Esa chiquilla tendría una madre, que seguramente la buscaba con la misma angustia que ellos buscaban a Eva. Sólo que cuando fueran a identificarla, no exclamarían aliviados: "No es".

Mientras no encontraran su cadáver, cabía la posibilidad de que estuviera viva y hasta se hubiera fugado con José. "Está en la edad, viejo", decía la señora. "A lo mejor ella está muy tranquila, mientras nosotros nos partimos por ella... Está en la edad de la rebeldía, a lo mejor nos quiere castigar por haberle gritado ese día..."

Pepe no aguantó más el cargo de conciencia. Se armó de valor y buscó a su expatrón en la taquería. Relató lo poco que sabía. Dio el nombre del antro y dijo que lo durmieron con una bebida. Cuando despertó estaba tirado en la calle. Reconoció que un fulano grandote y bien vestido miraba con insistencia a Eva, pero no lo pudo describir porque entre la borrachera y la oscuridad del lugar se veía como cualquier parroquiano. El taquero lo escuchó con atención, pero no le partió la boca, como tampoco lo delató con sus hijos mayores. Un muerto más no iba a componer la situación en lo absoluto.

Al menos ya sabían algo más. La policía cateó el antro, pero al no encontrar nada relevante lo dejaron en paz. Las investigaciones avanzaban a paso de tortuga, el expediente cada vez tenía más hojas y menos datos importantes. A fuerza querían encontrar algo que la ligara a una historia truculenta, le inventaban mentiras; ahora resultaba que hasta prostituta era, y trabajaba en el antro. Los padres de Eva estaban hechos pedazos con tantas calumnias.

Cuando empezaba la quinta semana se enteraron por la fotografía del periódico. Su cuerpo estaba ya descompuesto pero el vestido era el mismo con el que salió esa noche, azotando la puerta. Leyeron la nota con avidez. El cadáver estaba en el Lote Bravo, en Granjas Santa Elena y presentaba huellas de violencia sexual, pero insuficientes para causarle la muerte. ¿Qué había pasado entonces?

## REPORTE DEL FORENSE

*Se encontró el cuerpo de una mujer de 16 años de edad en el Lote... en decúbito ventral y en proceso de descomposición. La autopsia reveló desgarramiento del himen... causa de la muerte: paro respiratorio por una sobredosis de benzodiazepina*

Los vecinos se cooperaron para el cajón y el triste entierro. Beto y Gabriel, los hermanos mayores de Eva, no se detuvieron hasta encontrar al culpable. Ya se la vivían en el antro, observando, preguntando, atando cabos. No faltó el soplón que delatara al grandote de traje en venganza por una deuda nunca saldada.

El asesino de Eva era un traficante de jóvenes prostitutas. Acechaba muchachitas en los antros y en las calles. Les invitaba una copa, las dormía, las violaba y pasaban a engrosar las filas de carne joven que regenteaba, pero Eva resultó demasiado sensible al somnífero disuelto en alcohol, o al cantinero se le pasó la dosis. El caso es que la chica murió en brazos del padrote, y no le quedó más remedio que abandonar el cadáver en despoblado.

Esta confesión surgió de los labios del grandote, cuando Beto, Gabriel y un grupo de amigos lo cercaron en un callejón y lo torturaron con exquisita lentitud a punta de navaja.

# CARTAS DE LAS MUERTAS

*Lucía Escalante G.*

# HERMANA...
# NO SALGAS A LA CALLE

¡Ay hermanita! ¿Recuerdas lo último que me dijiste? Mamá me negó el permiso de trabajar en la maquiladora porque sale uno hasta la noche, pero era mi primer día de trabajo y me le enfrenté. Cuando entré al cuarto por mi bolsa, ahí estabas tú, escuchando la bronca con los ojos muy abiertos y me dijiste llena de admiración:

"Ojalá yo me atreviera a desobedecer a mamá, como tú" "No me deja ir a fiestas ni trabajar para tener mi dinero y..."

No hermanita. Ojalá entiendas que eso fue un error. Me equivoqué y me costó muy caro. Nunca los volveré a ver, ni a papá ni a mamá ni a ti. No más salidas, ni fiestas, amigas, novio, terminar mi secundaria, ni la posibilidad de un matrimonio, tampoco tendré hijos. Tanta ilusión que te hace el matrimonio y tener bebés. Eso que ahora es el sueño de tu vida, pueden arrebatártelo en un instante como a mí. No sin pasar antes por el infierno de verte en manos desconocidas y desquiciadas. Varios torturadores... ¿Por qué? Y nadie te responde, excepto aquellos gruñidos como de animales salvajes, aquellas manos múltiples... Así, en medio del desierto. Gritando con todas tus ganas, sin que nadie te escuche a pesar de herir tu propia garganta...

Recordando a las demás a las que les ha pasado lo mismo. De las que te enteraste por televisión o en los periódicos y pensaste: "eso no me va a pasar a mí" y abres los ojos, y ahí estas cara a cara con quienes las autoridades no dan. Yo los vi. Pero las autoridades no estaban ahí... No sé donde están o si son realmente autoridades.

Tal vez nunca lo sabrás, pero yo estaré cuidándote. Obedece a nuestros papás, y dedícate a lo que ahora son cuestiones de tu edad. Tu escuela, tus amigas y sobre todo déjate cuidar por mamá que es la que pasa más tiempo en casa. ¿Por qué? Pues por sus hijas. Para cuidarnos y estar al pendiente de todo. Esto no lo entendí. Yo quería trabajar por mi independencia, por mi realización, y nunca pensé dos veces en si mamá no querría lo mismo, pero ella tenía sus prioridades bien organizadas.

Lo que te quiero decir hermanita, es que debes respetar el orden de tus prioridades conforme a tu edad. Ya ves... a mí se me hizo muy fácil regresar a casa después de las 10 de la noche, y nunca pude volver. Me sentí muy grande por haber sido aceptada en un trabajo. No es cuestión de edad. A cualquiera puede pasarle lo que a mí... Bueno no a cualquiera, si eres mujer, estás en peligro. Esa es la "sentencia" en ésta y en todas las ciudades grandes.

Los hombres pueden estar tranquilos. No les pasará lo mismo. Ojalá mamá dejara de buscar respuestas a mi muerte. Nadie en este país, se las dará. Parece que es turística o políticamente inconveniente. O las dos. A mí no me importa. Hoy sólo deseo que se alejen de aquí. Múdense a otra ciudad.

# NI UNA PALABRA MÁS...

eo a mi madre que busca, ruega y llora sin parar. Camina calle arriba y calle abajo, con sus piecitos hinchados y las piernas varicosas.

Cada nueva puerta que cruza, tiembla de horror si es un hospital... y si el depósito de cadáveres, mucho, mucho, tiembla más

Y yo... impotente. Ni siquiera me escucha...

Ni una palabra de mi boca para ella ni para los demás.

Esos a los que ella acude en busca de ayuda, chocando con la indiferencia de los hombres de piedra.

Ni una palabra para mis amigas, ni otras niñas que como yo, pueden terminar secuestradas, en la tortura más interminable, en la violación brutal y en la muerte bajo las estrellas en un lugar tan solito que ni los gritos de terror se oyen.

Ni una palabra por mí, que sé lo que me pasó, pero no lo entiendo.

¿Por qué?

Este silencio, tan hondo y oscuro, que es muy difícil de llevar.

Pero sigo igual. Ni una palabra.

¿Cuánto tiempo tengo que esperar, para ver a mi mamá de regreso y tranquila en la casa?

¿Cuánto tiempo debe pasar, para poder decirle que me crea, que no me separare de su lado?

¿Cuántas muertas deben cargar las autoridades que no dan pie con bola, que no buscan rastros, que no han enviado a alguna infiltrada bien protegida para sorprenderlos torturando a otra de nosotras? ¿Saben lo que tienen sobre la conciencia?

¿No tienen hijas, hermanas? ¿A nadie le duele nuestra muerte horrible?

Cuántas veces han pensado que en su familia no puede suceder. ¿Y por qué no?

¿Cuándo voy a poder hablar? A decirles si mi asesino es moreno, chaparro, joven, viejo o un gringo alto y rubio al que le gustan las muchachas mexicanas humildes.

Decir, lo que me pasó, seguramente me llevará a La Paz

Pero ellos me vuelven a matar con su sordera, con su indiferencia y su encogerse de hombros:

"Vieja más, vieja menos"

Una y otra vez, sin poder hablar.

Cada vez que se niegan a escuchar a mi madre.

Cada vez, que se niegan a investigar.

Ellos... ¡Me vuelven a matar!

¿A cuantas niñas más van a asesinar, con su crueldad, con la impunidad de los comerciantes de la muerte?

Porque esos que no trabajan, que no investigan, que no piensan, también son los asesinos, los cómplices pasivos que permiten que esto no tenga final.

# SIN PODER HABLAR

¡Ay papá! Te haces tantas preguntas...

**Que si ¿Me violaron?**

Eso fue lo primero que preguntaste ¿Verdad?

La eterna preocupación masculina... "La honra de la familia". "La integridad femenina" Pero en fin... si quieres saberlo, sí fui violada. Una y otra vez. De la manera más nauseabunda que hay. Nada parecido a lo que me explicaste, siendo yo una niña. ¿Amor? ¡No papá! ¿Ternura? ¡No papá! Nada de lo que dijiste. Nada. Como aquellos cuentos de princesas y castillos. ¿Te acuerdas? Pero yo no fui como Iztaccíhuatl, aunque terminé como ella. Dormida para siempre. Dime, ahora que sabes que fui violada... ¿Te sientes mejor? Claro que no. Yo lo sé.

**¿Lo conocía?**

No papi. Nunca lo había visto, pero inspiraba confianza. Te hubiera caído bien. Recuerdo que lo pensé. Pero, luego cambió. Así. De repente. Yo no hice nada para enfurecerlo de esa manera. Te lo juro, papá.

**Que si ¿me torturaron?**

Hasta el cansancio, a tal grado que me convertí en una mancha magullada sobre la tierra. Quemada por el sol y congelada por las noches. Deseando que me encontraran y como ¿último regalo? una tumba, lejos de aquel lugar en donde reinan los buitres hambrientos y las ratas.

¿Te sientes mejor? Yo sé que no.

Ya no me pienses en la morgue despojada de mi dignidad.

Y no preguntes una y mil veces. Cada día, cada hora, cada minuto. ¿Quién fue? ¿Por qué? ¿Qué le hicieron a mi niña? ¿Sufrió? Haces que lo viva de nuevo. Me llevas al mismo lugar. Al terror, papito. Quiero descansar. Y tú también lo necesitas. Por favor, déjame regresar a tus brazos. Recuérdame viva. Feliz. Y acuérdate de nosotros juntos. Jugando y haciendo bromas. Yo no olvido lo buen padre que fuiste. Cariñoso y alegre. Te quiero ver así. Apoya a mi madre. Únanse para quererme.

# EPÍLOGO

## CARTA ANÓNIMA DE LA MADRE DE UNA DE LAS MUERTAS

# A LAS AUTORIDADES...

**N**o sé hacer cartas elegantes. Soy una mujer humilde. Así que me disculpan porque ni siquiera sé a quien dirigirla y la mando a una librería (Editorial) *que dizque va a hacer un libro sobre lo que pasa en Juárez.* Pero esta carta es para la autoridad responsable de investigar los asesinatos de tantas y tantas chamaquitas, tan jóvenes de Ciudad Juárez. Mi esposo cree que debemos dirigirla a La Policía.

Una de las niñas muertas es, bueno... fue mi hija. Acostumbraba llegar a la casa, después del trabajo y cenábamos con el resto de la familia, pero esa noche ya era tarde y no llegaba. Empecé a preocuparme y me salí. Parada en la puerta de la casa, volteaba para un lado y otro pero no la veía llegar. Así pasó un rato hasta que decidí caminar a la esquina en donde hay un teléfono público. De ahí hablé a su trabajo. El teléfono sonó y sonó, sin que me contestaran. Después marqué a casa de cada una de sus amigas. Ninguna la había visto desde el día anterior en la escuela. Regresé a la casa. Jorge, mi marido trataba de calmarme, pero era al revés. Entre más tiempo pasaba, mi angustia crecía.

Terminé gritando desesperada, como sabiendo que no volvería a verla. Jorge me llevó de nuevo al teléfono de la calle. Creo que más que para hablarle a nuestra otra hija, fue para que me diera el aire, porque estaba a punto de desmayarme. Contestó mi yerno. Pero ellos tampoco sabían nada. Regresamos a la casa. Apenas nos habíamos sentado en la sala, me puse de pie. Fui a la cocina a sacar el dinero que teníamos en una lata de leche en polvo. Tomé la mano de mi esposo y salimos a la calle sin decir nada.

Nos quedamos parados junto a la puerta sin saber para donde caminar. No teníamos a donde ir. ¿Dónde más buscar? Jorge paró un taxi. Nos subimos. Llegamos a la Cruz Roja, y después a otros hospitales. No puedo decirle lo que sentíamos cada vez que nos decían que no tenían información de nuestra hija. Es una mezcla de alivio y a la vez de pesar. Después fuimos al forense. Era el último lugar al que queríamos ir.

¡Que lugar tan frío! Pero ahí estábamos. Nos acercamos al escritorio y con más miedo que aire, preguntamos por Ana, mi hija. Y otra vez... nada.

Regresamos a casa. Amaneció. Anocheció. Amaneció y así... sin ningún sentido, pasaron tres meses. Un día nos llamaron para que fuéramos a identificar a nuestra Ana. Ahí estaba, asombrosamente inmóvil, silenciosa y tan cambiada, que si no hubiera sido por el relojito que le acababa de dar su papá de regalo de sus quince, hoy, que han pasado dos años, aun podríamos soñar que está viva en algún lado. Pero no es así. La habían hecho pedazos

La enterramos y cuando Jorge no está en casa, yo voy al panteón a verla. A preguntarle ¿que le pasó? ¿Quién fue? ¿QUIÉN FUE? ¿No lo han agarrado? Mi marido ha reaccionado diferente. Por eso no le gusta que vaya a verla. No puede ni pensar en el asunto. Más bien no puede hablar de "lo que pasó" porque no piensa en otra cosa. Yo lo veo sufrir. No come. Pasa las noches despierto. Se levanta de madrugada y llora sentado en la sala, observando la puerta de entrada, como esperando que suceda lo imposible. Que se abra y aparezca su niña.

Cuando andamos en la calle, observa la cara de todos los hombres que se cruzan en nuestro camino como queriendo leerla y averiguar si ese hombre, fue el último en "ver" viva a su princesa. Así le decía. "Mi princesa" Sospecha... sospechamos de todos. De los amigos, de los nuestros, de los vecinos, el señor de la tienda... nuestra lista es interminable. Tan larga, como burócratas en el Gobierno. Y es que esto no va a terminar, porque cada vez que otra criaturita desaparece, a nosotros se nos aviva aun más lo que hemos pasado. Cada vez, que aparece otra "Muerta de Juárez" también.

Por todo esto les escribo... "Autoridades" Una vez más. Su indiferencia y silencio no acalla el llanto de mi marido en las noches, ni el mío en el panteón. No nos devuelve a nuestra hija, ni la calma en su tumba. ¿Van a capturar al asesino? O ¿Prefieren tratar de explicarle a Dios, cuando ustedes mueran de viejos? Porque no lo olviden, todos, pobres y ricos, humildes y poderosos, todos, le daremos cuentas al Señor. Y ustedes no van a ser la excepción ni van a entregar muy buenas cuentas.

Alguien me dijo alguna vez, que "todos tenemos un precio". No pregunto cuanto valen ustedes que son La Autoridad, porque el precio está clarísimo en su ineptitud o su indiferencia. Pero díganme. ¿Cuánto CUESTAN? ¿Por cuánto se venden? ¿Qué debemos hacer para que nos ayuden a terminar con todo esto? ¿Encubren a alguien? ¿Qué investigaciones han hecho y que resultados pueden mostrarle al PUEBLO de México, al mundo escandalizado y a las familias que han perdido a sus hijas? ¿Qué debe suceder para que no asesinen a más hijas de trabajadores, de familias mexicanas humildes?

Ojalá alguna vez actuaran en vez de exponernos sus "planes" futuros

¿Se dan cuenta de que el mundo entero tiene los aterrados ojos fijos en Juárez y no entiende cómo es que ustedes no dan pie con bola?

Ojalá alguna vez rompieran el silencio, que después de la primera, es la causa de todas las muertes.

Ojalá que El Señor los castigue en carne propia, que aplique aquello de que "con la vara que midas, serás medido" En ese caso, les confieso que su niña nos daría mucha pena,... Pero que muchos nos regocijaríamos en el dolor de ustedes, porque estaría provocado por la Justicia Divina... Porque ustedes se sentían por encima de la Justicia de Dios.

El dolor absoluto. La impotencia de los padres, de la familia. La vida, martirio y muerte de más de 300 mujeres últimamente y de dos mil en los últimos diez años... y un testimonio que agrupa las **VOCES de** *"Las Muertas de Juárez"*

Esta obra se terminó de imprimir el día 2 de
Abril   de 2004, en los talleres de Editorial
Libra S. A de C. V.